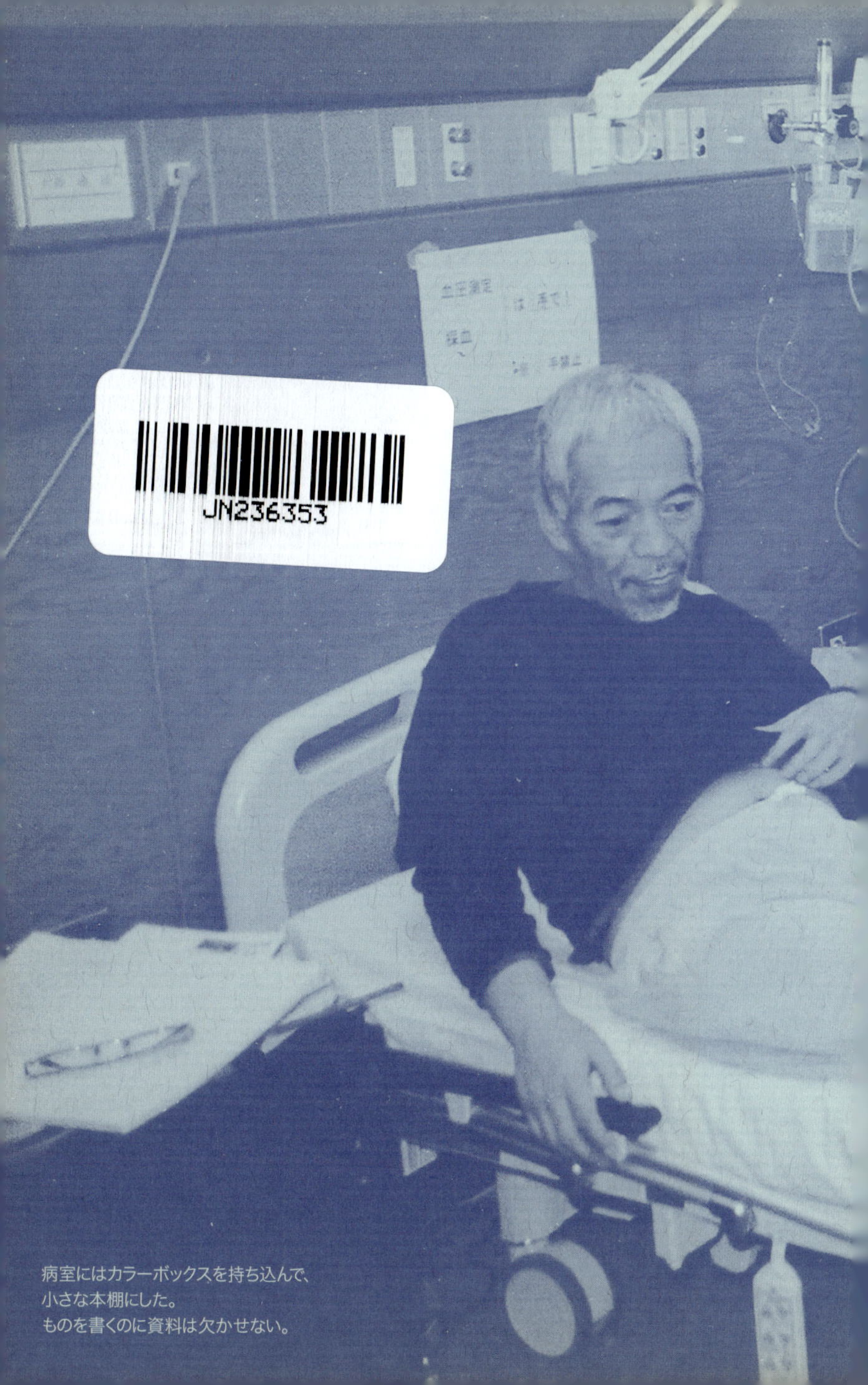

病室にはカラーボックスを持ち込んで、
小さな本棚にした。
ものを書くのに資料は欠かせない。

生きる者の記録

佐藤健

佐藤健と取材班

著者が定年後のために用意していた名刺。
「一《いち》ジャーナリスト」として
世界中を歩こうと思っていた。

毎日新聞社

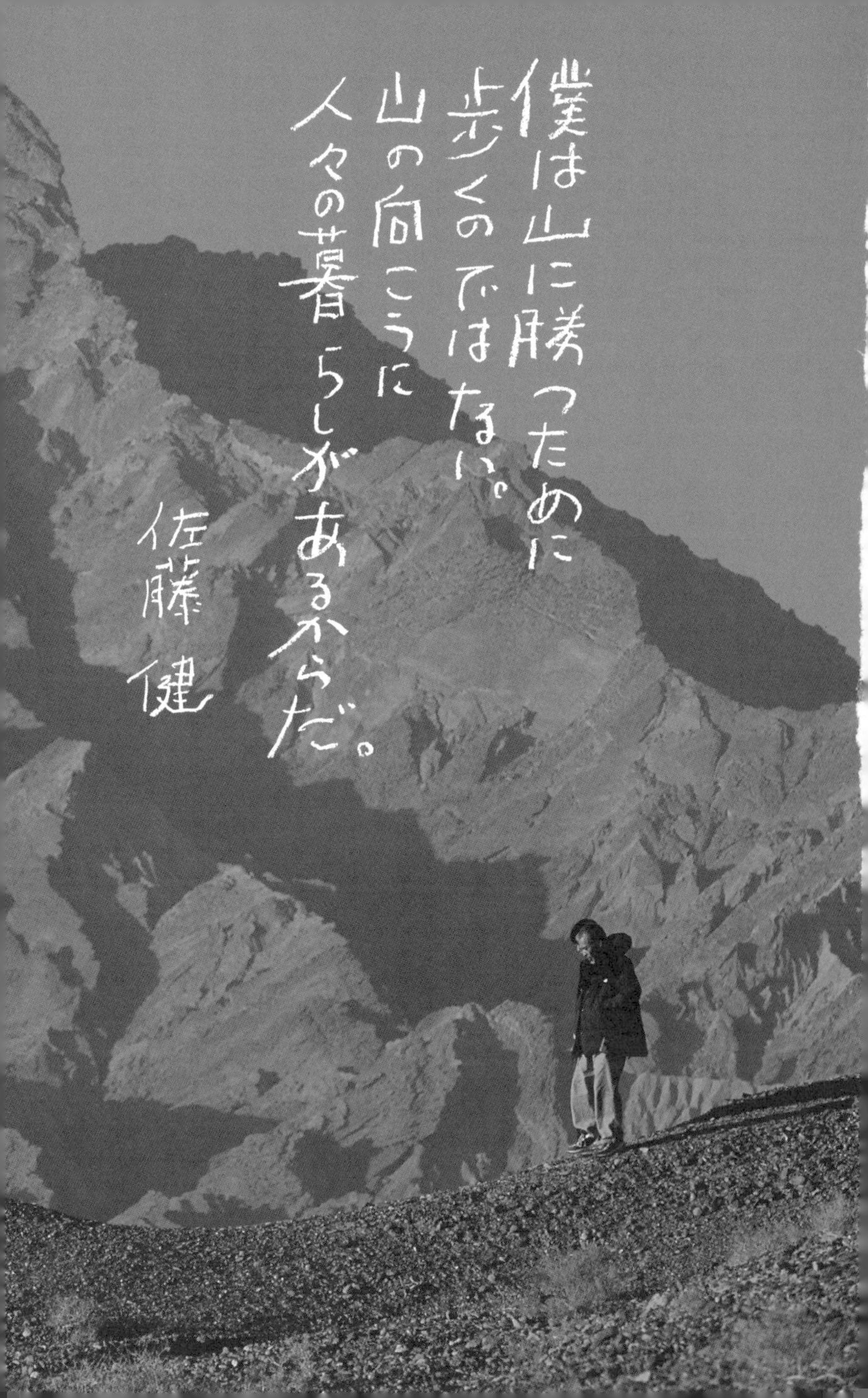
僕は山に勝つために
歩くのではない。
山の向こうに
人々の暮らしがあるからだ。
佐藤 健

目次

「生きる者の記録」取材班
社会部編集委員……萩尾信也
社会部副部長……中井和久
科学環境部副部長……瀬川至朗
写真部編集委員……滝雄一

生きる者の記録

暑い夏、熱い岩。
僕は大地に
身を任せた

12月2日 僕は末期がん　その現場からルポを送ります

定年を目前にして、「末期がん」を宣告された。どうやら長くはないらしい。生涯一記者として、「生老病死」という人類永遠のテーマを追い続けてきたこの僕が、最後の2文字をノド元に突きつけられたのだ。ならば、42年間の記者人生の締めくくりに、自らの肉体を現場としてルポルタージュを送りたい。生と死の風景が蜃気楼《しんきろう》のように揺らぐこの時代に、最期まで生きようとする思いを。

もしも、体調がいま少し回復していたならば、僕はいまごろ腰まで積もった雪の中を懸命にラッセルしていたはずだ。秋田県東部の山深き峡谷にある湯治場「玉川温泉」。全国各地からがんを患う人々が集まるという湯煙を目指しながら……。

2002年12月2日、僕は東京都文京区内にある東京大学医学部付属病院にいる。1年前に完成した真新しい入院棟14階の「ターミナルケア病棟」。その病室の窓から見える冬空に、はるかみちのくの空の色を重ねている。

最初にがんの告知を受けたのは01年の夏のことだった。

「100％肝臓がんです」

あの日、医者はいとも簡単に言ったものだ。

ショックはさほどなかった。むしろ、間近に迫った取材旅行への影響が気になった。1976年に菊池寛賞を受賞した連載記事「宗教を現代に問う」で、自ら得度《とくど》して雲水《うんすい》になって以来、長い間たどり続けた「仏教伝来の道」。その総仕上げともいえるシルクロードへの取材旅行だった。

先端技術による治療を受け、幸いにもその後2度にわたって中央アジアを旅することができた。そして、旅の記録は本紙日曜版に「阿弥陀が来た道」として連載されて、還暦を迎えた02年11月11日に、長きにわたる新聞記者生活に終止符を打つつもりでいた。

食道や首のリンパにも新たながんが見つかったのは「阿弥陀が来た道」の最終稿を書き上げたその年の5月だった。

「長くみてもあと1年でしょうか……」

医者は語尾を濁しながら言った。

玉川温泉の名は、「がんに効く」と言ってキノコや薬を送ってきてくれた友人たちの幾人かが口にした。

「放射線や地熱の高温で腫瘍《しゅよう》が消えるらしい。だまされたと思って行ってごらんよ」

彼らのあまりの熱心な勧めに、放射線治療の合間を縫って、JR東京駅から秋田行き新幹線に乗車したのは6月末のことだった。

このルポルタージュはそんな「みちのく」への旅路から幕を開ける。あの日、雨がやみ鈍色《にびいろ》の雲の間からちょっぴり青い空がのぞいた山間の道を、僕たちを乗せたバスは山のかなたにある湯治場に向けて走っていた。

2002年12月3日付の毎日新聞朝刊の連載記事「生きる者の記録」はこんな書き出しで始まった。掲載初日、記事にはこんな一文が添えられた。

読者の皆様へ

「生きる者の記録」は、「末期がんになった者にしか書けないルポを残したい」という佐藤健・専門編集委員の強い思いが出発点になっています。同じ病と闘う人々の姿やがん治療の現状をも含めてリポートしていきます。

佐藤記者は1961年に入社。学芸部や社会部などで計42年間、文化人類学的な視点からのルポルタージュ的手法を身上として歩んできました。宗教記者としても知られ、著書には「マンダラ探険」「東欧見聞録」「ルポ仏教」「イチロー物語」「演歌・艶歌・援歌　わたしの生き方　星野哲郎」があります。

60歳を迎えた02年11月で退職の予定でしたが、定年を延長して執筆にあたります。

（毎日新聞東京本社編集局）

「余命半年と言われて3年です。おたくは?」

久しぶりの長旅とはいえ、自分の体力がこれほどまでに落ちているとはついぞ思わなかった。東京から秋田新幹線「こまち」で3時間、さらにJR田沢湖駅でバスに乗り換え、渓谷沿いの山道をさらに1時間20分の道のりだった。青森、秋田、岩手の3県に広がる十和田・八幡平国立公園の一角にある「玉川温泉」。ブナやヒノキの原生林の間から立ち上る湯煙を見つけた時、僕の疲労はピークに達していた。

そんな気分を吹き飛ばしてくれたのはおいしい空気と、湯治宿の前の村祭りのようなにぎわいだった。関東や東北各地から観光バスでやってきた中高年の男女が数十人。みんなハイキングのような装いで、生き生きと明るい表情なのだ。八幡平を散策したついでに「万病に効く」というウワサの温泉でひと風呂浴びに来たらしい。

その人波の間を、ゴザを脇に抱えた奇妙ないでたちの一群がおぼつかない足取りで歩いている。聞けば「岩盤浴《がんばんよく》に行く」という。

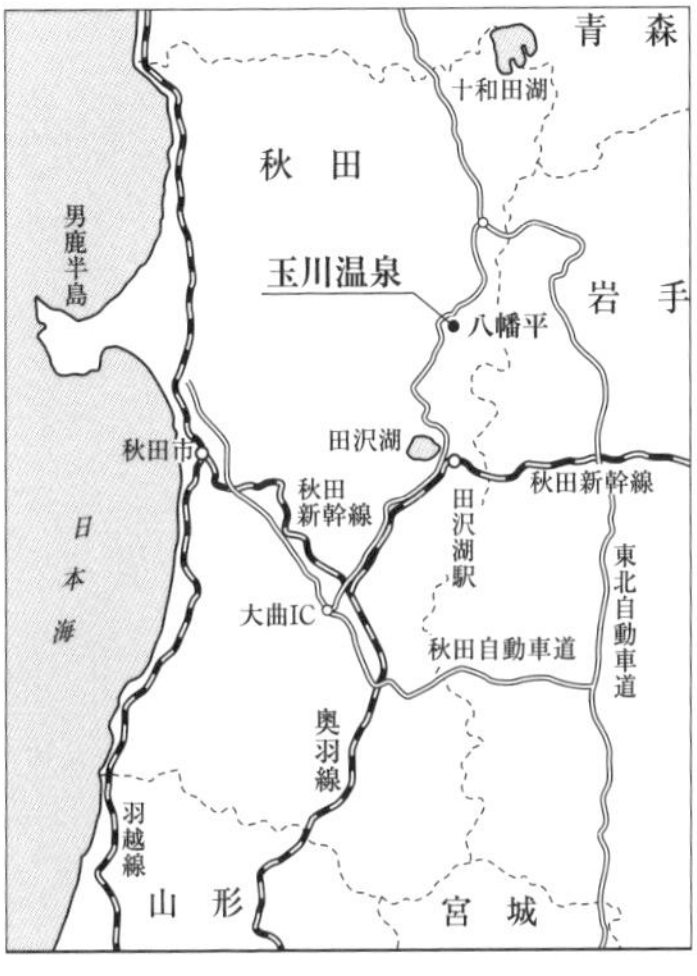

荷物を部屋に入れて、一休みしてから彼らの行方を追った。300メートルほど行くと突然、「賽《さい》の河原」をほうふつとさせる源泉の景色が広がった。グツグツと煮えたぎる熱地獄。イオウのにおいとともにあちこちから噴気が激しく上がっている。

誰のための供養だろうか。積石《つみいし》が点在する広い岩の上で十数人がゴザを敷いて横たわっている。地底のマグマから伝わる50度近い地熱と、国の特別天然記念物「北投石《ほくとうせき》」が発する放射線で腫瘍《しゅよう》が縮小することを願う人々である。

場所を探していたら初老の男性が「ここ空いてるよ」と手招きしてくれた。隣に寝そべると、こんな言葉が続いた。

「おたくはどちらが悪いんですか。私は胃と肝臓。余命半年と言われてもう3年になります」

翌朝、僕は午前4時すぎから、大浴場の「一番湯」に首までつかっていた。湯船の縁に腰掛けた2人組がおなかの傷を指でさわりながら、笑い声を上げていた。

「さながら、歴戦の勇士ってところですな」

「はい、3度ほど切りました。グルリ回って山手線。真ん中通るは中央線ってね」

周りの人々を見渡せばいずれの体にも大きな傷の跡がある。それをまるで誇らしげに、胸を張って堂々と歩いている。手術をしていない僕が気後れしてしまいそうだ。

「正確なデータはありませんが、湯治客の7、8割が末期のがんではないでしょうか」

これは宿の従業員の話である。

もちろん効果が科学的に裏付けられたわけではないし、一度この温泉を訪れただけで亡くなった人も数多い。しかし、ワラにもすがるように全国各地から人々がやって来る。そして、ここには「がんに勝った」という伝説や希望が満ちている。

生まれや育ちや、学歴や地位はここでは関係ない。がんはそんなことにはおかまいなしにやって来る。

「オレの気持ちが分かるか」という泣き言も反則だ。なにせ大半が医者からサジを投げられた人たちなのだ。

つまり、ここでは人々が丸裸で病んだ仲間を受け止め、互いを癒《い》やし合っているのではないか……。

そんな思いにふけりながら上がり湯をかけていたら、股間《こかん》をタヌキの置物のように膨らました男性が目の前を通って行く。なんと水を入れたビニール袋にあそこを根元まで入れて、ひもで縛っているではないか。

言葉をなくしていたら、隣にいた男性が笑いながら言った。

「強酸性のお湯が染みないようにしてるんだ。金冷法にもなるしね。初心者は気をつけた方がいいよ。傷口や不潔にしているところに酸が染みて、金玉が倍以上に膨らむことがある。お湯に入るときにはよく洗って入った方がいい」

浴場を出ると、休憩スペースで湯上がりの牛乳を手にした人々がにぎやかに朝のあいさつを重ねている。そして、窓から差し込む日の光が新しい一日の始まりを告げていた。

玉川温泉（秋田県）には
「賽の河原」をほうふつさせる
風景が広がっていた

12月3日

「お湯に負けないぐらい食わなきゃ」

湯治場の朝は、暗闇の中で明ける。

午前3時前、「ペタッ、ペタッ」という音で目が覚めた。耳を澄ますと、次第にその数を増していくではないか。

思わず部屋の引き戸を開ける。

と、廊下を浴衣姿の湯治客が歩いている。つえをつく人。手すりにつかまり、数歩進んでは肩で息をつなぐ人。肉親に車椅子を押してもらう人もいる。日に一度の掃除が終わった大浴場。その一番湯へ向かう人々である。

初めての客はまずこの光景に圧倒される。なにしろ大半が重い病を抱える人々だ。普段は家族や看護師らのお世話になっている人たちだが、ここでは自分の意思と力で一番湯を目指している。

食の風景も強烈だった。

僕がいた時は約400人の湯治客が泊まっていた。大半は大食堂で食事をとるのだが、隣り合わせた人々が実に親しげに声を掛けてくる。そのあいさつが実に変わっているのだ。

「おたくはどこです」

普通は出身地を聞く質問だと考える。

「東京です」

僕もこう答えたのだが、重ねて聞かれた。

「で、どこが」

つまり病気の場所をお尋ねなのだ。健康な若者が言葉に窮して、「頭が少々」と答えたという笑い話もあるほどだ。

食事は朝がバイキング、夕食は一人一膳《ぜん》が並ぶのだが、なにぶん山深い温泉である。地元の山菜が出る以外はホテル用の冷凍食品が中心だ。

だが、湯治客の食欲には目を見張るものがある。

さすがに晩酌する人の数こそ少ないが、茶わんに大盛りで2、3杯はざらだ。健康食の納豆や海藻類には列ができる。おかゆをおかわりしている胃がんの男性もいる。それでも足りずに、夜食用の菓子パンやおにぎり、スナック菓子を求めに売店に通う人もいる。

「利尻のあわびをぜひ食ってもらいたい。あれは絶品だ」

「いやいや瀬戸内の魚もぜひ食べて欲しいね」


袋にはタオルケット。ゴザと合わせて必携品だ

テーブルの向かいでは、北海道と岡山から来た60代の男性が郷土の味自慢をつまにお膳を平らげている。ともに肝臓がんだという。

はしの進まぬ僕を見て北海道の男性が言った。

「おたくはもっと食べなきゃだめだよ。ここの湯はエネルギーが強くて、下手をするとこっちの分まで奪っていくんだから。こっちもそれに負けないぐらい食わなきゃ」

食堂や浴場で知り合った顔が広がると、ようやく湯治客の仲間入りだ。浴場や休憩所や娯楽室にはそんな人の輪ができる。

話題の中心は病気のこと。興味深いのは彼らが自分の病状や体験を熱っぽく語ることだ。苦しみや悩みの告白もあるのだが、湿っぽい話は敬遠される。そして最後はいつもこんな話で盛り上がる。

「私は手術を2回しましてね。医者からあと2、3年は様子を見ようと言われています」

「僕は手遅れだと言われた。あれからもう1年になりますがね」

「いいですな、私なんぞ余命半年です」

そんな会話に一句浮かぶ。

〈我が空は　怨《うら》みもなしに　夏の海〉

【病室にて】02年12月3日

連載開始とともに読者から反響の手紙やファクス、メールが続々と届く。記者にとっては読者からのエールがなによりの励ましだ。僕自身が勇気づけられたような気がする。

12月4日

「ほんと　日本の男は自分の体と向き合わないんだから」

末期がんを宣告されて以来、僕は無意識に人生の残り時間をカウントダウンし始めていた。60歳を前に故障気味とはいえ、一応は未来に向かって時を刻んでいた僕の人生時計である。それが「あと1年もない」という。

ならば、残る日々をどう刻むのか……。

あらゆる手を使い延命に挑む道もある。だが、僕は闘いが嫌いで痛がりだ。さりとていきなり、「ホスピス」というのはどうも実感がわかない。

そんなことを考えていた矢先に「玉川温泉」の名前を聞いた。日本古来から伝わる湯治の文化。たどり着いた湯治場で目にする人々の生き様はすべてが新鮮に映った。

なにより、ここでは客が自分たちでその日その日の生き方を決めている。周りは多少の助言をするだけだ。

例えば――

宿に着いて妻と部屋に入ると、女性従業員がいきなり布団を敷き始めた。ラブホテルじゃあるまいにとけげんな顔をしていると、

「お風呂から上がったらすぐお休みください。初めての方は効果を急いで長風呂をしがちですが、

ここのお湯は強いので控えめにしてください。湯治に来て具合が悪くなっちゃ、元も子もないでしょう」

と笑みを浮かべて言う。

「簡単に言えば、あなたが好きなように入ればいいのよ。ここは自分で自分に合う方法を見つけるところなの」

これは看護師歴37年の小田島憲子さん(55)の〝訓示〟である。

「湯治客の中には事情通が何人もいて、いろいろとアドバイスをしてくれるわ。岩盤浴《がんばんよく》はどの場所がいいとか、100%原湯、50%の湯、寝湯、頭湯、打たせ湯……と全部で11種類のあるお風呂をどのコースで何分ずつ回るのがベストだとか助言してくれるけど、参考にしなくていいの。無理をせず、自分が気持ちがいいということを基準にしてくださいね。それぞれの相性やリズムを壊してまで入っちゃいけない。湯治とは自らを癒やすことよ。苦しいとか、我慢は禁物ですからね」

湯治客には「容体が急変しても不思議ではない」という人も多く、24時間態勢で看護師が常駐している。客の多くは到着後、あいさつがてら診療所に顔を出すのだが、僕は彼女のこの教えをすぐに

誰が積んだか、「賽の河原」の積石

身をもって痛感することになった。

翌日、浴槽で岡山県から来たという漁師と隣り合わせた。1年前に末期の骨髄がんを宣告されて以来、1週間ずつ年に2回通い、1回1時間半、日に4回入浴しているという。

「そんなに大丈夫ですか」

「それがダメなようじゃ、病気には勝てないよ」

そこで僕も付き合ってみたのだが、すっかり湯にのぼせてしまって1時間で退散した。

「まあ、のんびりやるんだね。おれは子供が小さいからくたばるわけにはいかないんだ。スズキ漁が終わったころまた来るよ」

日焼けがたくましい38歳の男盛りだった。

その夜、僕は体がけだるくぐったりしていた。

「ほんと日本の男は自分の体ときちんと向かい合ったことがないんだから。新聞記者なんかその典型ね」

小田島さんの言葉が耳に痛かった。

【病室にて】02年12月4日
友人の坊さんがうなぎのかば焼きを差し入れてくれた。千葉の手賀沼産の天然もの。がんばって口に入れるが、食欲はもう一つ。放射線治療の影響だろうか。病室にきた担当医とよもやま話を少々。

真夏の岩盤浴。
治癒を祈って横たわる

噴気を上げる地獄谷

生をつなぐ橋

岩盤まであと少し

なぜだろう、右肩がシクシク痛む

後ろ姿に
お遍路さんを思う

朽ちかけた小屋には、
がんが治るという北投石の発する放射線や
地熱を求めた人々がひしめいていた

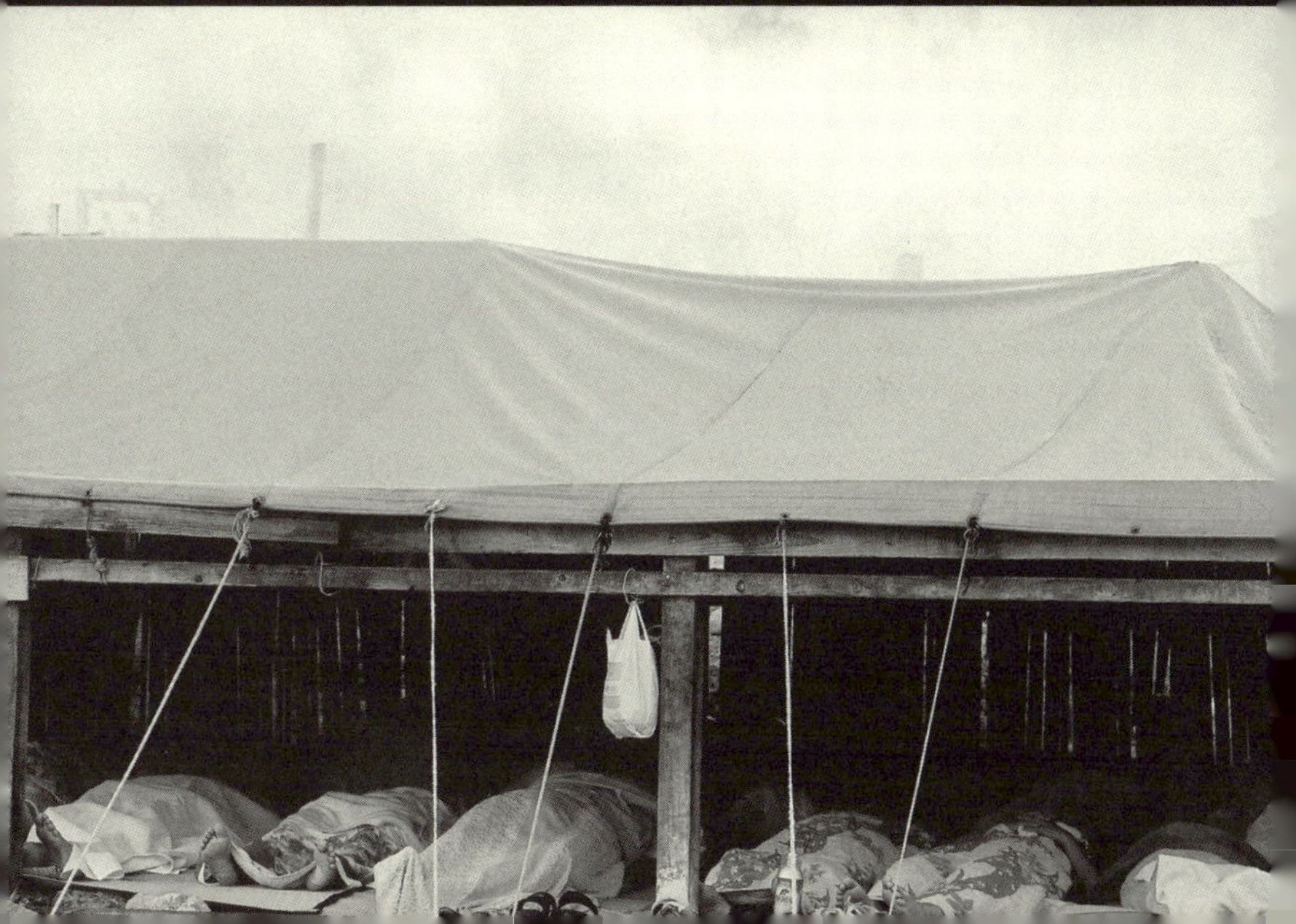

風向きが変わり、
湯気に視界が消えていく

ツーンと、イオウ臭が鼻を突く

ゴザをめくると岩肌。
毛布をめくるとパンツ一丁

この岩場の地下に北投石が眠っている

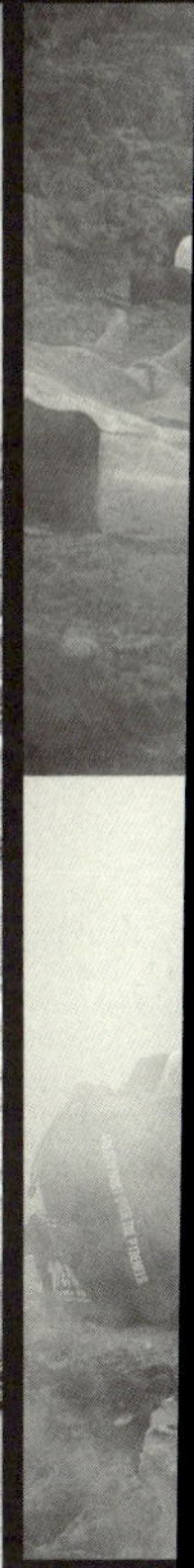

闇夜をあるく人影。
岩盤浴には夜がない

暗闇で星はまたたき、
死の隣で生は輝く

大浴場で、
いきつく話題はがんのこと
（中央が僕）

「落ち込む暇はないでしょう」

玉川温泉の5代目看護師小田島憲子さん（55歳）

三、四十年ほど昔までは農繁期が終わると、農家の人たちはみんなで英気を養いに湯治に行ったものよ。でも、世の中がだんだんと変わって、そのうちに私たちは湯治というものが持つ効用や、その背景にある心のようなものを忘れてしまった。

湯治とは心と体を自ら解放することよ。心を解放すると人は気持ちよくなるでしょう。それは自然体で自分の体と向き合うことで初めて可能になるものなの。

どうして湯治だとそれが可能かというと、ひとつは湯治場が「不便」な空間だからなの。ここには近代的な医療設備もない。テレビも部屋にはないし、カラオケもファミレスもない。お店といえば売店がひとつ。携帯電話もほとんど通じない。

「ここに来たら不便でしょうがない。時間が余る。オレはここにはいられない」という人がいっぱいいるわ。便利に慣れた生活を続けていると、不便が不安になるものなのね。

「暗闇が怖い」という人もいる。暗いのが怖い。みんな夜は人工の光の下で暮らしているから、それがないと不安になるのね。

でも、不便な中である程度暮らしていると、じきに自分の頭で考えて行動を始めるのよね。だって、病を克服しようと思ってここに来た以上、みんな落ち込んでいる暇なんかないでしょう。岩盤浴に行かなくちゃいけないし、お風呂にも入らなくてはならない。その分の体力をつけるためにとにかく食べなきゃならないし、洗濯だって自分でしなくちゃならないでしょう。

病院やホスピスにいれば、医者や看護師がいろいろとお世話してくれるわね。でも一方で、生活や行動は管理されてしまう。逆にここには医師や介護してくれる人がいない。衣食住の基本的なところはみんな自分で考え、行動しなければならないわよね。

そのうちに「生」や「死」についても自分なりの考えをし始めるわ。

がんであることや末期であることで、少しも「特別待遇」されないことも特徴かな。格好をつけたり、飾ってみても意味がないもの。だって、湯治客の大半ががんなんだから。中には、診療所に来てはぐちばかりこぼす人もいるわよ。そういう人には私はこう言うことにしてるの。

「ところでおたくは目は見えますか。足は動きますか。ご飯はおいしいですか。夫婦仲はいいですか。子どもたちはかわいいですか。空気はおいしくありませんか。何が不満ですか」

そしたら、「がんがあるから自分は不満だ」という。

「じゃあ、がんはいま落ち着いているんでしょう」

「うん」

「じゃあ、いいじゃないですか。生きてるだけでいいじゃない」

「そんなこと言われたの初めてだ。生きてるだけでいいなんて」

「それ以上に何を望みますか」

こう言うとたいてい返事がないわね。そこでさらに言うの。

「いろんな事情で玉川に来れない人もいっぱいいるんだよ。あなたはそれでも不満なの」そんなこんなしているうちに、相部屋や浴槽や食堂で他の湯治客と触れ合いの時間を持つようになり、次第に変化が出てくるの。

「病気のことで、こんなにじっくりと話が出来たのは初めてだ」そんなことを言い出したりね。この間まで「暗い夜が怖い」といっていた人が、満天の夜空に輝く星を見上げながら、「なんて美しい星空なんだ」って言ったりして。

つまりここは、個々人が生と死について試される場所なのね。

最初は思いっきり怒っても、泣いてもいい。気が済むまでわめいてもいい。淡々と残された日々を刻むのもいいし、治癒を確信してさまざまなことに挑んで闘い続けるのもいい。みんなに愛をくれと求める人もいれば、笑って残された時間を刻む人がいてもいいし、人に迷惑をかけずに逝きたいと思う人がいてもいいのよ。

多種多様でいいの。生き方も死に方も一律ではないってことを認識することが大事ね。そして、自分なりの生き方や死に方を模索すればいいの。それが人生の豊かさにつながるんだと思うな。

人は普通、自分が死ぬものだと意識しないで生きているわよね。でも、死を意識したときから、人は生き方を見つめ始めるんじゃないかな。でも、いまの社会はあれやこれや、ああしろこうしろとすべてを教えて枠にはめる。個人個人も自覚しないままに主体性を持つことを放棄してきた。それが、病や死への恐れを加速させているんじゃないかなと思うのよね。

（02年10月に退職）

12月5日「春に会おう。先にくたばっちゃダメだよ」

玉川温泉の歴史は古く江戸時代にさかのぼる。マタギの弓矢で足に傷を負った鹿が、その傷を温泉で癒やしたとの言い伝えから、昭和の初めまでは「鹿湯」と呼ばれたらしい。

1951年に林道が完成して今日に至るのだが、その特徴はpH1・1という強酸性の湯と、特別天然記念物「北投石《ほくとうせき》」が発する放射線である。

「玉川毒水」と呼ばれ、下流域は魚も棲《す》めず水草も育たぬ「死の川」なのだが、この強酸性の湯や放射線を求めて全国からがんなどの難病を患う人々らが「生」への希望を抱いてこの温泉に集まるというのだから面白い。

そんな湯治場で「玉川博士」と呼ばれる人々がいる。

「分からないことは博士に聞けばいい」

常連は新参者にこう助言する。

博士に〝認定〟されるには条件がある。がんで医師に見放されながらも温泉に通い続けて、独自の入浴法で命ながらえる「達人」でなければならないのだ。

兵庫県から来たという70代の博士は地下のマグマの動きや、特別天然記念物の北投石が発する放射線が見えるという。事実、「ここが一番」という場所を、ガイガーカウンター(放射線測定器)で計測したら最高値を記録したというエピソードが残っているほどだ。

「今日は38度から39度の間だな。湯につかるのは短めにしとくか」

これはお湯の温度をピタリと当てる博士のご託宣《たくせん》だ。

岩盤浴をする人たちの間で「仙台のおやじさん」と呼ばれる80代の博士は、戦時中は中国東北部で工作活動をし、戦後はシベリアに抑留された経歴の持ち主だ。

「温泉療法にコツなんかねえよ。自分の気持ちに素直にやればいい」

一見無愛想だが、玉川歴20年というその年輪と知識は一目置かれる。彼が姿を見せると、込んでいても特等席が譲られ、お菓子や飲み物が差し出される。

遺伝子操作や臓器移植がばっこする時代に、こんな神話のような世界が息づいていることがうれしい。

湯治客は博士のようななじみ客を中心に人の輪をつくる。しかし、そこから離れて孤高の中で療養を続ける人々もいる。

「年寄りはもともと寿命が長くはないんだから割り切れるけれど、幼子を抱える母親なんかは絶対に死ねない。そんな人は修験者のように温泉に打たれているわよ」

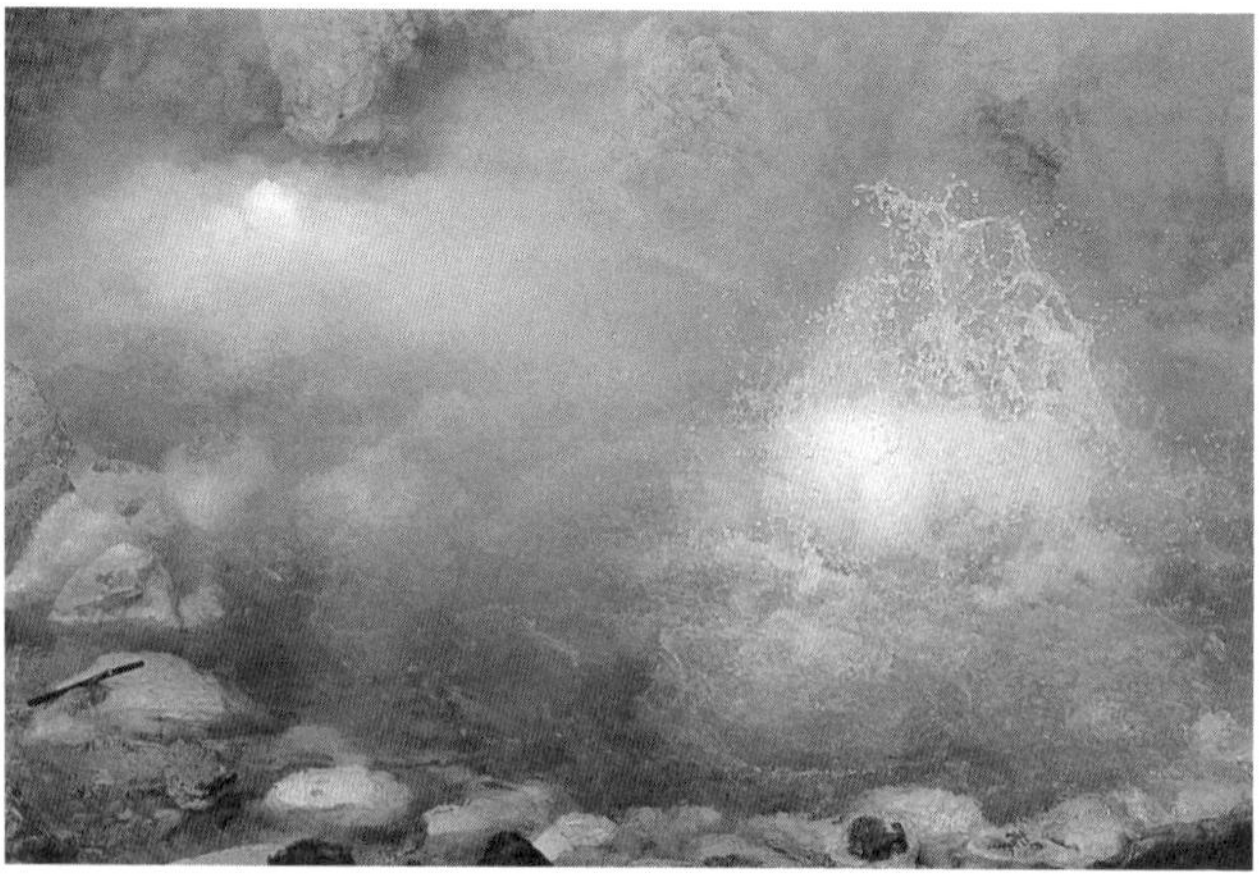

噴き上がる源泉

これは、食堂で顔見知りになった60代の女性の解説である。

そして、日に数本の定期バスの出発時刻には、宿の前で別れの風景が繰り広げられる。

「今度は春に会おう」

「先にくたばっちゃダメだよ」

それはまるで戦友たちの別れの風景のようだ。

結局、僕はここに02年6月と8月の2回、治療の合間を縫って計14日間滞在した。右肩から腕にかけてズーンとした痛みを感じるようになったのは2度目の湯治の最中だった。

8月28日、東京の家に戻った僕は湿布を張りながら妻に言った。

「神経痛だと思うんだが」

肩の激痛をこらえながら東大医学部付属病院に入院したのは、それから13日後のことだった。

【病室にて】02年12月5日

入れ歯が緩んできたので、回診の際に相談する。「総点検してもらいましょう」とドクター。体重が減ってほおの肉が落ちたためらしい。夕食の時、親類の子が大好物の生ガキを持ってきてくれた。殻を開けてレモンとタバスコをかけて食べるのがたまらないのだが、あたると怖いので我慢。見舞いにきた大学時代の友人と思い出話。

12月6日
「酒は一滴もダメです。いやならお帰りください」

僕ががんの疑いを指摘されたのは01年8月20日のことだった。千葉県我孫子市にある平和台病院。旧知の院長は肝臓のCT（コンピューター断層撮影）スキャンなどの画像を交互に見比べながら言った。

「おそらくがんです。でも、8年以上も存命の方もいますから」

こういう時は顔面蒼白《そうはく》になるのが普通だろうか。だが、不摂生を続けてきた身には当たり前のように感じられた。むしろ、心の中では秋に迫るシルクロードの旅への影響が気になっていた。僕は龍谷大学（京都）の遠征隊の調査隊長を任されていたのだ。

「旅には行けるでしょうか」

そう切り出す僕に、医師は頭を振りながら言葉を続けた。

「より高度な医療が整った病院をご存じなら、そこで診察を受けられるのもいいでしょう」

言葉の端々に僕への気遣いを感じた。

翌朝、そぼ降る雨の中、僕は会社の同僚の案内で東大医学部付属病院を訪ねた。肝臓がんを専門とする幕内雅敏教授を紹介してくれたのだ。同僚は妻をがんで失い、その時から教授らと親交を結んでいた。

診察室の机の上には平和台病院からもらってきたカルテがうずたかく積んであった。平和台病院の友人の医師がすべてのデータを提供してくれたのだ。それをめくりながら教授は言った。

「100%がんです。原発性の肝臓がん。がんが悪さをする前にたたきましょう」

言葉に詰まっていると二の矢が飛んで来た。

「酒を飲みますか」

「自慢じゃないが、たぶん大酒飲みの部類に入るでしょう」

「今後は一滴もだめですよ。自殺行為です。私には自殺したがっている人を助ける余裕はない。いやならお帰りください」

鼻先にガツンと一発かまされた感じだった。

「すぐやめます」

その場で即答した。


僕が酒を覚えたのは新聞社に入社してからだ。

最初はビールをたしなむ程度だったが、なにしろ新聞社という環境が悪かった。いまではずいぶんと世間並みだが、昔は編集局のソファや冷蔵庫の周辺にズラリと酒びんが並ぶような職場だった。

朝、出社すると、まず机の引き出しからウイスキーの角びんをおもむろに取り出して、湯飲み茶わんになみなみと注いで「よーし、始めるか」と仕事に向かう猛者《もさ》の先輩もいた。

夜は夜で、新聞を降版した後の深夜、編集局中では酒盛りが始まった。話題だけは豊富な連中である。口角泡を飛ばしながら明け方まで飲み続けることもざらだった。そんなこんなで、僕は30歳を越えるころにはすっかり酒飲みの仲間入りをしていた。

これが体にいいわけがない。特に社会部の「無頼派」を自称するツワモノどもは体を壊して次々とあの世に旅立っていった。

そして、僕も50歳を越えるころには肝臓にずいぶんとツケがたまっていた。

そのうち、毎週月曜日の朝6時半からのＴＢＳラジオ番組「森本毅郎スタンバイ」のコメンテーターとして出演することになった。3年間続けたのだが、この時に朝酒の味を覚えてしまった。

午前5時半に局の車が自宅まで迎えに来る。生放送でおしゃべりをして、同8時半に帰宅する。そこでなにかひと仕事終えたような気分になってビールを口にした。最初は月曜だけだったのが、火曜日、水曜日……と日常化してしまった。

「朝寝、朝酒、朝湯が大好きで」とはよく言ったものだ。朝酒はじつにおいしい。そして、日中に原稿書きなどをこなして、夕方にはウイスキーのグラスを手にしていた。

後はアル中への道をひたすら突き進んで、ついにはこうして肝臓がんで東大の病院にお世話になる身となったのだ。

がんを宣告した東大の教授はその場で僕の担当になる医師を紹介してくれて、一緒に隣室に移動した。そこには医療器械やモニターのようなものが並んでいた。教授は画面を見ながら取り囲む

❖肝動脈塞栓療法
足の付け根から細い管（カテーテル）を腫瘍《しゅよう》に通じる肝動脈に挿入、ゼラチンなどを注入する。血管が詰まって、がん化した肝細胞に栄養が行かず、壊死《えし》する。

学生らになにやら難解な言葉で説明し、それが終わると僕を振り向いて言った。

「肝動脈塞栓《そくせん》療法をやります」

その脇から担当医が、

「ベッドが空いたら連絡します。身の回りの品を持ち、指定日に手続きしてください」

と言葉を添えた。

なにやら初めて聞く医学用語だった。それをほとんど理解できぬまま、僕は教授に旅行への思いを繰り返し訴えて、こう尋ねた。

「旅には行けるでしょうか」

「入院は旅が終わってからにしますか」

「出来れば出発前にしていただけますか」

あの日から僕は正真正銘のがん患者になった。

その夜、僕から報告を聞いた妻は笑いながら言った。

「やっぱりね。でも旅がOKで良かったわね」

長い間、旅の準備を重ねるのを見てきた妻だからこそのエールだったろう。

週末、息子夫婦と孫を呼んで夕食を共にした。1歳に満たない孫の無邪気な顔を見ながら、「心配ないよ」と僕は言った。

病院から入院期日を指定する連絡が入ったのは数日後。日付は9月11日と決まった。

【病室にて】02年12月6日
夜中に、間違えて2度もナースコールを鳴らす。ドジな患者ですいません。呼吸が苦しく、呼吸器の検査を受ける。昼過ぎ、元毎日新聞記者で大学教授の友人が一家で見舞いに。「最後まで記者でいられて、健は幸せだよ」と言われる。

冬の峡谷に湯煙が上がる

岩場への雪道を行く夫婦連れ

湯治宿の上に、
抜けるような青空が広がった

岩盤浴の小屋に入る。
地球の「体温」が
岩肌の雪を解かしていく

蒸気が満ちた小屋の中

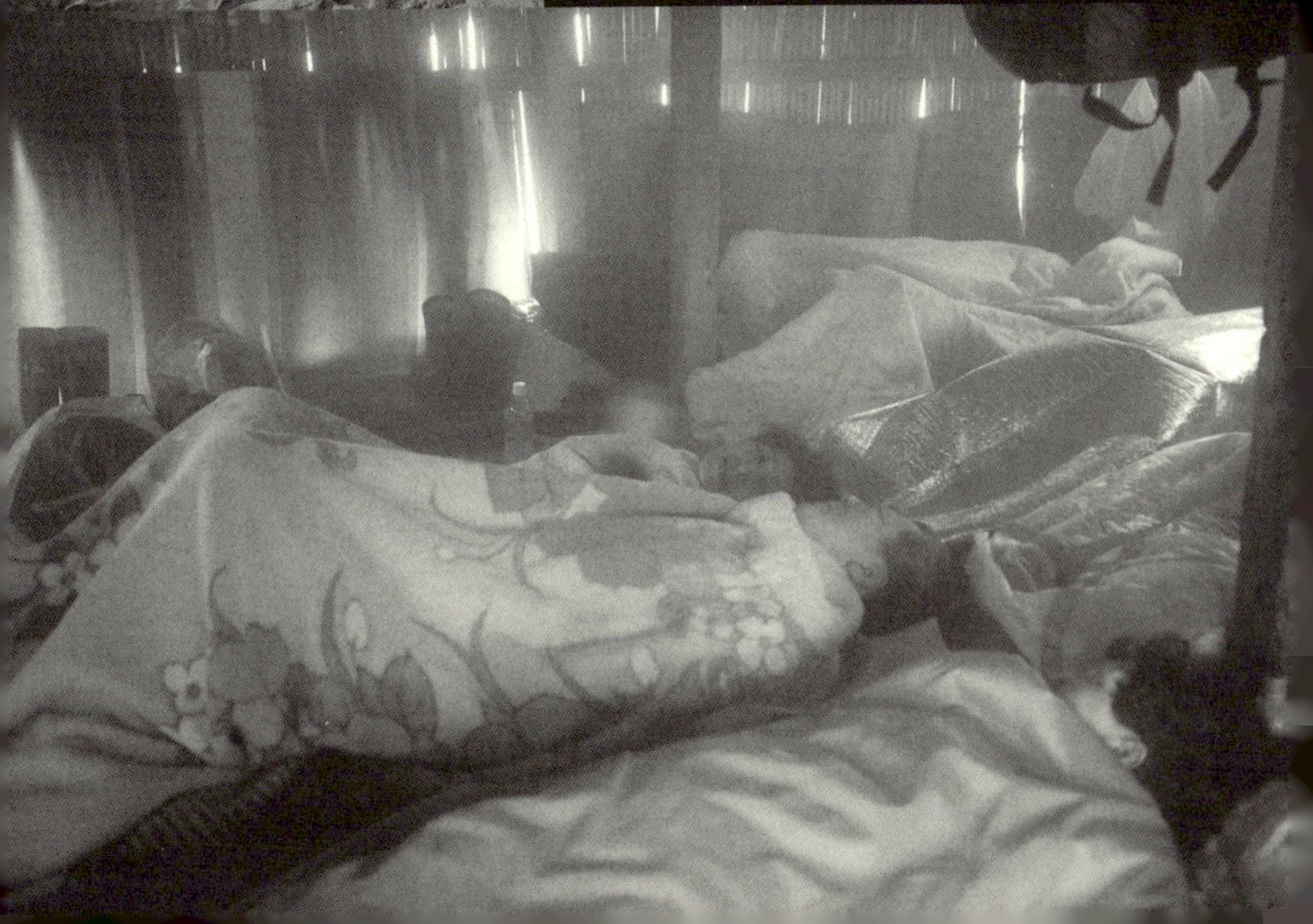

寒さが緩んだ日。
太陽のもと、岩盤浴は外がいい

12月7日

「生」の重さ、教えられた

読者から佐藤健さんへ……❶

◉神奈川県厚木市の高校3年の女子生徒(17)

看護師になるため専門の高校で勉強しています。病院実習に行った時、終末期の患者様を受け持ちました。人間として大切なことをたくさん学びました。記事を読んで患者様のことを思い出しました。

私は今受験で、正看護師になるために進学しますが、気持ちは焦るばかりで逃げたい時があります。そんな時に記事を読んで頑張ろうと思い直すことができました。続きを楽しみにしています。

◉千葉県木更津市の主婦、岡山美栄さん(64)

涙が止まりません。実は先月13日、68歳になる主人を肝臓がんで亡くしたばかりです。主人は気の弱い人だったので告知はせず、知らぬままでした。その分私は長い間苦労しました。

旅行の好きな人でしたから、年2回ぐらいあちこち行きましたが、玉川温泉に連れて行ってあげたかったなあと悔やまれます。腹水でいつもおなかはパンパン。最後まで「お母さん、きついよー」だけしか言えず、今でも耳に残ってたまりません。

佐藤さん、主人の分までがんばって下さいね。

◉埼玉県坂戸市の会社員、原田律子さん(26)

先月17日、母を胃がんで亡くしました。52歳でした。病院に搬送され、亡くなるまでの2週間、毎日毎日医者からのつらい話。絶望的でした。

医者は「告知されますか?」と言うのです。あんまりむごすぎて、私たちは反対し、本人は知らないまま。父は私が19歳の時、仕事中に倒れ、やっぱり入院し2週間後に亡くなりました。どうせ治らないのなら、告知しても仕方ないと思ったのです。佐藤記者に聞きたい。告知された気持ちを。私は母にずっとうそをついていたので……。

◉山口県豊浦町の衣料店経営、藤田トモヱさん(74)

必ず来る自分の終末の日、分かっていても、目をそらしたいと思うのが人情ではないでしょうか。記事を読んで本当に大きな感動を受けました。末期がんの現場から、希望を捨てないで、がんばって本当の命のルポを書き続けてほしいと思います。あなたの記事によって生きる力を与えられる多くの人がいることを忘れないで……佐藤さん、がんばって下さい。

◉千葉市の男性(55)

がんで手術を2回経験した私は、再発の不安を抱えながら現在がんと闘っています。佐藤さんの読者へのがん告知と、がんとの闘病を記録に残したいという意気込みにジャーナリスト魂を感じました。医者が何と言おうと生き方を決める権利は患者側にあると思います。今後とも、佐藤さんががんに負けず、患者の立場から記事を書き続けることを切に望みます。

新聞記者というものは、自分が書いた記事の反響について常に気になるものである。ましてや自分の体験談が織り込まれたルポルタージュはなおさらだ。その記者の視座が色濃く出るからである。

こんなに反響を頂いたのは、連載記事「宗教を現代に問う」で得度して雲水になったとき以来だ。その際は、仏教にまったく無知だった一人の新聞記者が最も厳しい修行に打ち込み、行脚する姿に対する明るい応援歌だった。

しかし今回は、がんに苦しむ人、その家族、幸いにも死のふちから戻ってなおがんと闘い続けている人たちの手紙やメールが多い。その文章の気高さに、僕は驚かされている。「死」というものがどれほど重いものか、その裏返しとして「生」がどれほど重いものか。そのことを、僕が逆に教えて頂いた。

読者が誇りに思ってくれる新聞作りを、これからもやっていきたいと考えている。

【病室にて】02年12月7日
午後0時半すぎに昼食。妻に頼んで買ってきてもらったギョーザとナスの漬物を食べる。思わず「うまかったー」と声が出る。そして、差し入れも来客多し。この日もパウンドケーキをひとくち食べる。

僕は
緩和ケア病棟の
14階に入院した

12月9日
「旅は…止めても行くんでしょう?」

01年9月11日に病室に入ると隣のベッドに70歳ほどの男性が横たわり、うめき声を上げていた。声がおさまった機会にカーテンのすき間からあいさつをすると、

「あなたも同じ病気だそうですね。治療は痛いが、がんばってください。僕もこれから地獄のような一夜が始まります。お互いにがんばりましょう」

と言葉をつないで、そのまま布団をかぶって再びうめき声を上げ始めてしまった。

その夜、看護師さんが2人でやって来て、「治療の下準備」と称して僕の股間《こかん》の毛をそってくれた。うなだれたままのなさけないイチモツを見やりながら、

「これでも若いころは、このムスコにずいぶんと悩まされたもんです……」

としようもないことを言って笑うと、看護師さんに、

「手術中は笑ったりして、ムスコさんをむやみに動かさないように」

とクギを刺された。

担当医の説明によると、肝臓がんは患部を切除する方法もあるが、僕の場合は腫瘍《しゅよう》の数が多いうえ、長年の酒で肝機能が著しく低下しており不可能と判断されたのだそうだ。代わりに「肝動脈塞《そく》栓《せん》療法」をやることになったのだが、解説を受けて感心した。

がんは血液を経由して栄養をもらって増殖しているが、それを封印するために太ももの動脈からカテーテルという細い管を入れ、そこから血液を凝固させたものを、患部につながる血管に送り込んで「兵糧攻め」にするという。まるで、SF映画「ミクロの決死圏」をほうふつさせそうな療法である。

「塞栓療法」が始まったのは12日午前9時だった。

ベッドの脇には女性が立っていた。

「あっ、治療をお願いするのは女医さんでしたか」

「女だと皆さん頼りない顔をするんですよね」

「そんなことありませんよ。女性は丁寧で器用だし……」

あわててお粗末なセリフで取り繕った。

不安をよそに治療は10分足らずで終わった。1942年生まれの僕はテレビドラマの「ベン・ケーシー」の手術場面のように、こうこうと照らすライトの下で白衣に手袋姿の医者や看護師に取り囲まれるシーンを想像していたのだが、現実は実にシンプルなもので、痛くもかゆくもなく、挿入口に張られたばんそうこうが痕跡を残すだけだった。

「血管の破裂や損傷の心配もあるので、2時間ほどは動かないでね」

女医さんの言葉に送られて移動ベッドで病室に戻り、約1週間後にはタクシーに乗って退院した。

病院に、担当医を訪ねたのはその数日後のことだった。

「少なくとも可能な限りの治療は成功したとみています。いずれまた新たな腫瘍が現れる可能性は十分あります。その時はその時で対処しましょう」

そういう担当医に僕はおずおずと切り出した。

「ところで、以前お話しした旅へは予定通りいいでしょうか」

「どうせ止めても行かれるでしょう。人間にはそれぞれ人生観というものがありますからね。シルクロードへの調査探検を選ぶことも佐藤さんの人生観からであるならば、止めるわけにはいきません。元気で行ってらっしゃいな。ただし、体力が以前の6割から7割しかないことを自覚して注意してくださいよ」

なんだか、僕という人間の生き様を認めてくれたような気がして、担当医の言葉が胸に染みた。

この年の11月10日、外はどしゃぶりの雨だった。僕は龍谷大学(京都)のメンバーら5人とともに成田から中国行きの飛行機に乗った。まぶたに、広大なタクラマカン砂漠の風景を浮かべながら。

【病室にて】02年12月9日
東京に初雪。14階の窓から望む灰色の空と雪景色に、遠く玉川温泉の冬景色が重なる。3、4メートルの雪に閉ざされるあの湯治場で、がんと向き合って暮らす人々をこの足で訪ね歩きたいものだ。

突然、声が出なくなり…

12月10日

タクラマカン砂漠の北方に連なる天山山脈に別れを告げて、帰国したのは01年11月30日だった。僕が参加した龍谷大学の調査隊は、浄土真宗本願寺派の第22代門主・大谷光瑞が主宰した中央アジア探検隊から100周年を記念して組織された。僕は現地指揮を任されたのだが、なんとか体調を維持して予定をこなすことができた。

旅の様子は02年元旦紙面を飾り、3日には神奈川県の先輩宅に新年のあいさつに出かけた。先の大戦の従軍記者の数少ない証言者で、「毎日グラフ」と「サンデー毎日」の元編集長の岡本博さん(89)。新人時代の僕に「記者は地べたからの視線を忘れるな」と教えてくれた師でもあり、すぐれた映画評論家としても名を馳《は》せた人物であった。

相変わらずかくしゃくとしてお元気そうではあったが、少し耳が遠くなった先輩と大声で恒例となったジャーナリズム論を交わしていたら突然、声が出なくなってしまった。腹に力が入らず、声帯がまったく振動していない感じなのだ。

「すみません、声が出なくなって。治療してもう一度出直します」

声にならぬ声でいとまを告げたのだが、その時には、岡本氏がその年の11月27日に交通事故で亡くなろうとは思いもよらなかった。

その後もノドの炎症とたかをくくって近所の開業医を回ったがらちがあかず、1月半ばに東邦大学付属病院（東京都目黒区）の耳鼻咽喉《いんこう》科を訪ねた。しかし、原因が分からず症状も回復しないまま、2度目のシルクロード遠征の出発が近づいてきた。

その間に東大医学部付属病院で肝臓がんの「肝動脈塞栓《そくせん》療法」を再開したが、こちらも前回とは一変して約4時間にわたり猛烈な痛みに襲われた。「前回とは使用する物質が変わった」と医者は説明するのだが、とにかく腹に熱したフライパンを押し付けられたような痛さなのだ。激痛をこらえながら、前回入院した際に隣のベッドの男性が口にしていた「地獄の苦しみ」という言葉を思い出した。

そして4月初め、旅立ちを前に再び東邦を訪ねてCT（コンピューター断層撮影装置）の検査を受けたら、医者が深刻な表情で言った。

「これは少しやっかいなことになりそうです。神経が腫瘍《しゅよう》で圧迫されて声が出ないようです。がんの治療

シルクロードの旅で立ち寄った
カシュガルのモール仏塔前で

で通っておられる東大の医者と一度相談された方がいいでしょう」

とはいえ、体調の方は悪くなかった。声はかすれていたが、言葉は伝わった。とにかく行こう。僕はそう決断した。

「シルクロードで客死《かくし》するのもいいじゃないか」

「昔から、山頭火《さんとうか》みたいにのたれ死にしたいって言ってたもんね」

02年4月15日、妻とこんなやりとりを交わしてシルクロードの要衝・敦煌《とんこう》に向かった。すさまじい吐き気に襲われたのは途中で立ち寄った西安の空港でのことだった。

空港の食堂でメン類を食べたのだが、その直後に内臓がすべて飛び出してしまいそうな猛烈な苦しみが押し寄せた。中国人のガイドがあわてて差し出したバケツに嘔吐《おうと》を繰り返した。

急きょ飛行機をキャンセルして、ホテルにチェックインして、医者を呼んだのだが、そのうちに嘔吐感もおさまり、翌朝は回復。次の便で旅を続行することを決めた。

結局、旅の途中で高熱に襲われるなどのアクシデントはあったものの、なんとか予定の日程をこなすことができて、9日後に芽吹きの季節を迎えた敦煌から帰国した。

とはいえ、自宅にたどり着いた時、僕は荷物を持つのがやっとなほどに衰弱していた。食べ物がノドを通りにくくなって、水を飲むのもやっとだった。

それが新たながんのプロローグだった。

【病室にて】02年12月10日
前夜は、久しぶりによく眠れた。送られてきたイチロー選手の03年カレンダーを壁に張る。伊豆の松崎から友人がそば粉を持ってやってくる。「そばがきでもつくってください」というが、食欲がいまひとつ。

12月11日

「肝臓に食道にリンパ。これじゃ〝同時多発がん〟ですね」

赤色が鮮やかな食道の壁面に、ぶどうのような粒が数個――。

これが僕と食道がんとの「対面式」だった。

旅から帰国した僕が東大医学部付属病院で内視鏡検査を受けたのは02年5月7日。画像を一緒に見ながら担当医が切り出した。

「食道がんです。首のリンパ節にも転移しています。切除するのが普通ですが肝機能が低下しておりリスクが大きい。抗がん剤も同じ理由で難しく、放射線が最良ということになります。心当たりの医者がおありでしたら、そちらにお願いされても構いません」

僕は迷わず応じた。

「お願いします。後で文句は言いません」

覚悟していたせいか落ち込みは少なかった。むしろ、世界の紛争地や過酷な自然環境の中を旅しながらも、これまで無事に生きてこられたことに感謝しながら、病を冷静に受け入れようと自らに言い聞かせた。そして、むしろ今後の展開を想像しながら妙に高揚した口調でこんな会話を続けていた。

「肝臓に食道にリンパ。これじゃまるで〝同時多発がん〟ですね。それで、僕の命はあとどれぐらいもちますか」

「1年でしょうか。これは佐藤さんの症状と同じ人が100人いたとして、その50番目に亡くなった方の寿命がそうだという経験値です。もちろん、それ以上に2年も3年も大丈夫な方もいれば、それ以下もあります」

「じゃあ、ステージでいえばどうなりますか」

「4ですね」

4が末期の段階であることは知っていた。

「春までの命なのか……」

あの時、僕は自らの余命を勝手にそう決めた。

1週間後、通院で放射線治療が始まった。分厚いコンクリートで囲まれた20畳ほどのトーチカのような部屋の中央にある台に寝かされ、ベルトで体を固定されると、頭上に直径約1メートルの機械があった。内側がパラボラアンテナのような形で、放射線が出るらしい。体には事前に6カ所に「十」の印が書いてあり、1分前後ピンポイントで照射するのだと聞いた。

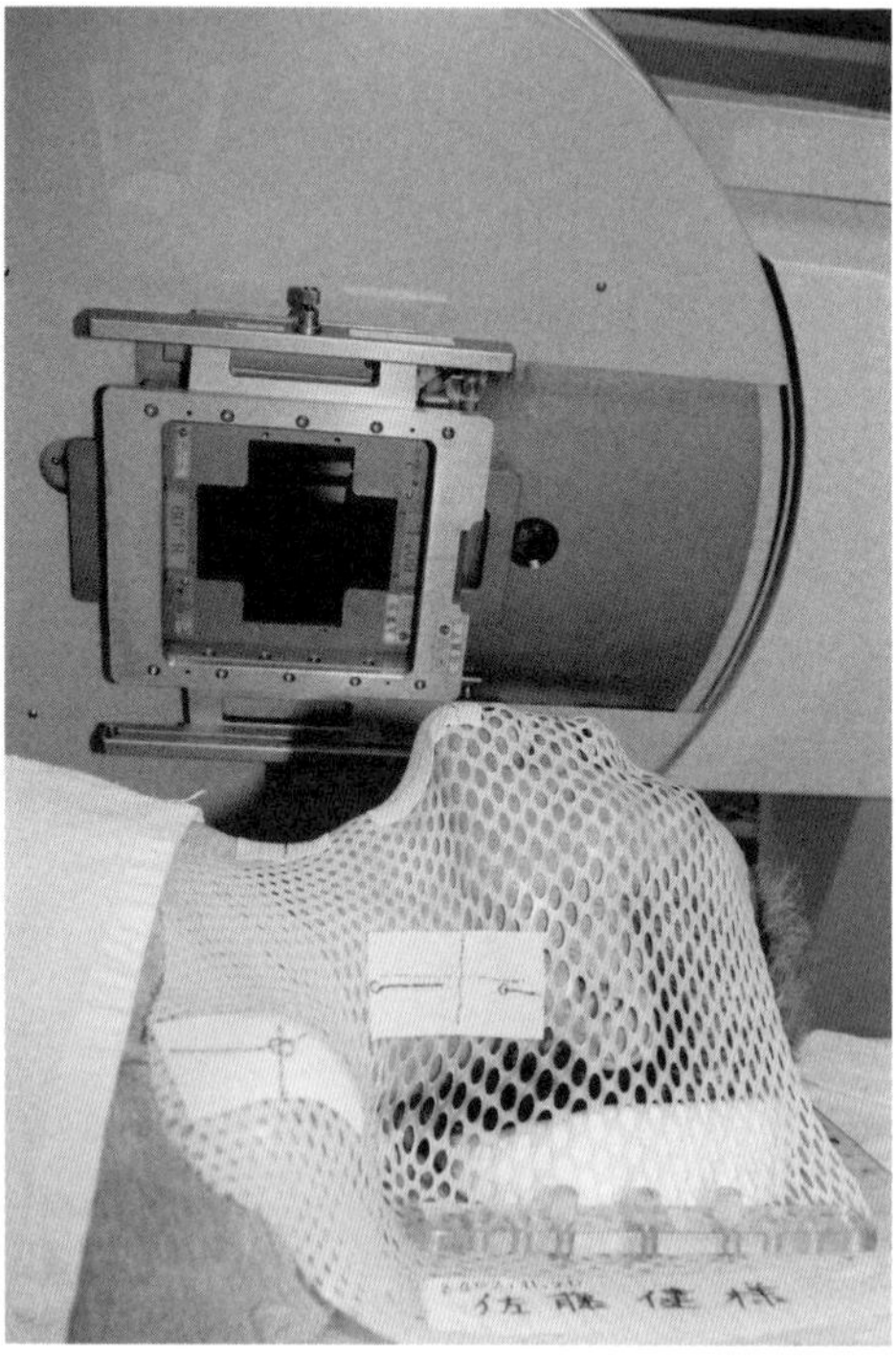

照射位置を決めるため、
放射線治療では
こんなマスクをかぶせられた

「それでは始めます」の合図で4人のスタッフが外に出た。

スピーカーからの指示以外は音が遮断された空間で、息苦しさを感じながら、僕はかつて政治思想家の丸山真男氏(故人)にうかがった言葉を思い出していた。

1945年8月6日午前8時15分。広島市にいた丸山氏は偶然、建物の陰にいて九死に一生を得た。その経験を振り返りながらこう言った。

「人生とは小さな『もしも』が積み重なってできた大きな『もしも』である」

わずかな照射時間に、僕の脳裏には人生で出合った数々の「もしも」が駆け巡った。そして、原爆と同じ放射線によって治療を受けることへの奇妙な因縁を感じた。

結局、放射線治療は土、日を除き計6週間続き、副作用らしきものもないまま、声もだんだん元に戻った。うれしかったのは、無理だと思っていたいなりずしをほおばれたことだ。

東京都世田谷区の自宅と東大を往復するタクシーの窓から見える風景も少しずつ夏に衣を替えていった。

「これが最後の夏になってしまうのだろうか」

あのころ僕の心の中では、死と素直に向かい合おうとする理性と、生へのセンチメンタルな感情が交錯を繰り返していた。

【病室にて】02年12月11日
病院のあちこちで、クリスマスツリーが点滅を始めた。窓に広がる夜景も少し華やいで見える。「8月に玉川温泉ですれ違った」という男性が病室に顔を出す。「自分の庭で育てた」というニラとゆずを持参してくれた。

12月12日

高熱、パニック——意識が戻ったのは3日後だった

通院で放射線治療を続けながら、僕の心は揺らぎ続けた。体の中に棲《す》みついた死の気配が原因だった。

世界中の紛争現場や辺境の地を回りながらも還暦まで生きてこられたことに感謝する一方で、唐突に突きつけられた余命の短さに鬱《うつ》になる自分がいた。

それをぬぐい去るように僕は仕事に集中した。

がんを押して強行したシルクロードの旅を本紙日曜版に連載(「阿弥陀《あみだ》が来た道」)していたが、書き加えたいことが次々と頭に浮かび、一度仕上げた原稿を書き直しては破り捨てる日が続いた。

そんな姿を妻はこう評した。

「まるで修羅場ね」

33歳の時に仏教の取材で自ら雲水《うんすい》になって以来、僕は「生老病死」という根源的な苦を宗教のサイドから見つめてきた。

中でも貴族階級のための仏教から脱皮して、民衆に極楽浄土の概念をもたらした「阿弥陀信仰」は日本人の死生観を探る重要なテーマだった。とはいえ、まさか自らの病と死を見つめながら「阿弥陀」を書くことになろうとは、思いもしなかった。

治療の合間に玉川温泉に出かけたのも、自らの湯治と同時に末期がんの人々が集う湯治場で「民衆と信仰の接点」を探すという目的があったからだ。そこに祈りの原風景があるのではないかという期待感があったのだ。

しかし皮肉にも、02年8月下旬、2度目の湯治の途中で、右肩にシクシクとした痛みを感じるようになった。

最初は長旅の疲れや肩こりだと自分に言い聞かせたのだが、薬局で湿布薬を求め、近くの整形外科で診察を受けたが痛みは去らない。そのうち食欲が急激に落ちて、頭の隅にがんの痛みだという確信が次第に膨らんでいった。以前、食道がんは転移しやすいということを聞いたことがあったからだ。

月が替わって2日、東大の病院を訪ねて痛みを訴えると、医者が言った。

「がんの影響ですね。これから

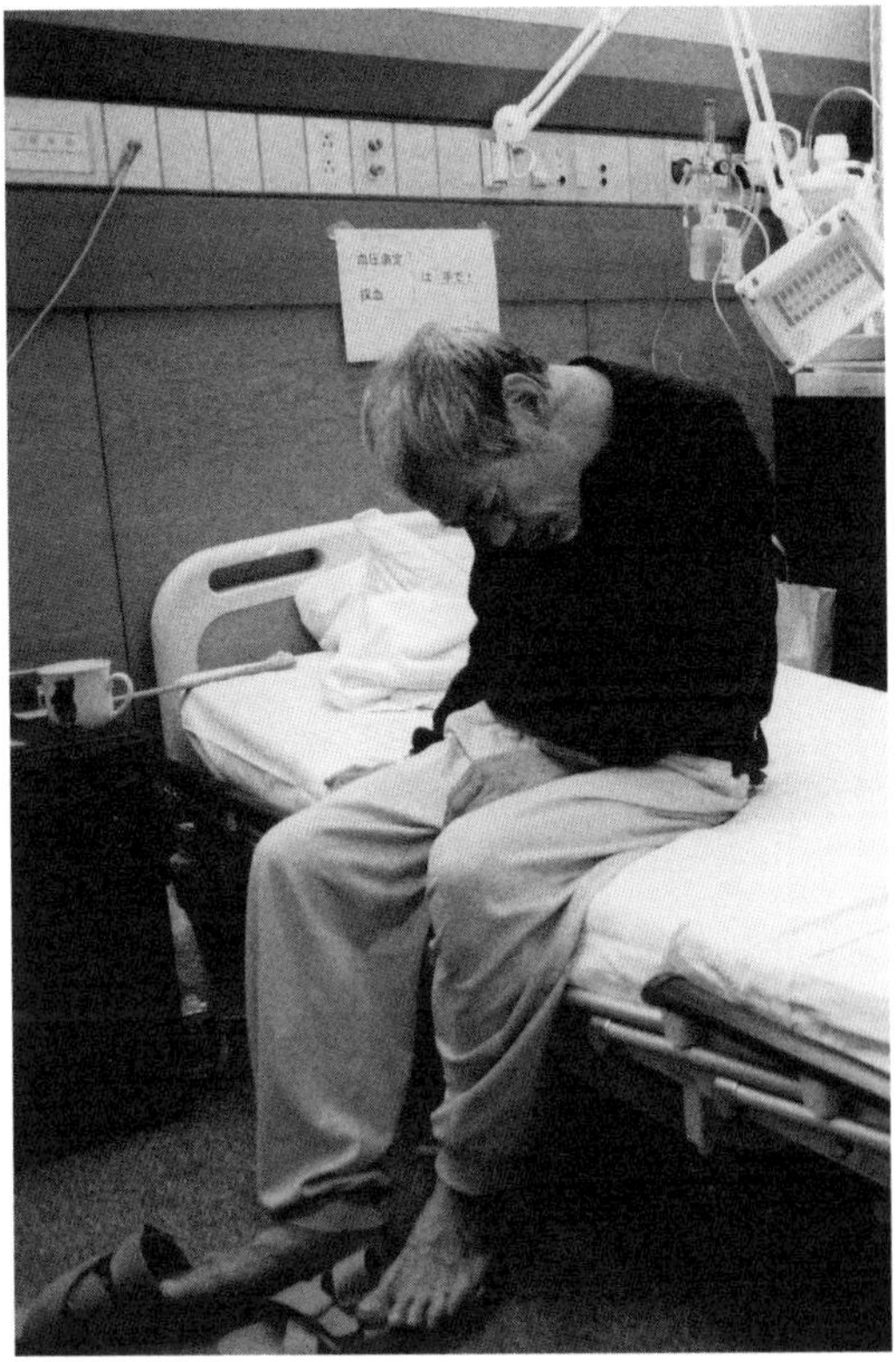

幻覚に襲われたころ。健さんは覚えていない

も痛みは増してきます。すぐに入院してください。とりあえず放射線をつかった治療を考えています。最初にまず痛みをとって、それから次の手を考えましょう」

いつかまた入院と思ってはいたが、想像以上に早く来たのが正直なところショックだった。

その夜、僕は妻にこう告げた。

「今回の入院が分かれ目になるかもしれないな」

腕がちぎれるような激痛に襲われ始めたころ、病院からベッドが空いたと電話があった。

9月10日、僕はかばんに阿弥陀関係の本を詰め込んで家を後にした。

入院3日目に急に高熱が出て、意識がもうろうとなった。血圧は上がり、血中の酸素量が落ち込んだ。点滴や小水をとる管を見てパニック状態になり引きちぎった。点滴のビンが割れ、それを裸足で踏んで床を血でぬらした。

そして、監視しやすいようにナースステーションのそばの部屋に移された――というのだが、そのころのことを僕はまったく覚えていない。

「健さん大丈夫？　ここはどこだか分かりますか」

夢の中で僕を呼ぶ声がして意識が戻るのはそれから3日後。目を開けると、妻と看護師さんの顔があった。

【病室にて】02年12月12日

終日、ベッド。起きている時には枕元に置いたラジカセでCDを聴いている。古今亭志ん生、美空ひばり、ルイ・アームストロング。何でもありだ。

12月13日
誰か僕を閉じ込めようとしている——2度目の幻覚

〈02年10月10日午前0時すぎ　健さんが突然、病室の床にしゃがみ込んで草をむしる仕草を繰り返す。聞けば、「じゅうたんの毛がどんどん伸びてくる」と言う〉

〈同月11日午後11時25分　ふらついた足取りで部屋を徘徊《はいかい》しながら「オウムの連中が来て、僕を見張って外に出れないようにしている」とつぶやく〉

〈同月12日午前3時半ごろ　「誰かが僕を病室に閉じ込めようとしている」と繰り返した後、ベッドで座禅を組む。そのままお経を15分、次第に表情和らぐ。健さんいわく「邪念は去った」〉

妻と交代で付き添ってくれている社会部の萩尾信也記者のメモである。深夜の病室で幻覚を見ている僕と、メモ帳を手に質問する記者。はたから見ればさぞかし奇妙な光景だったに違いない。

東大の病院に入院した僕は、その後1カ月間にわたって記憶が断片的にしか残っていない。幾度も暴れて、医療スタッフにテーブルを投げつけようとしたこともあるらしい。途中でターミナルケア病棟に移ったことも、見舞いの親族や同僚との会話もほとんど覚えていないのだが、幻覚や座禅を組んだ記憶はうっすらと残っている。

実は、幻覚の中での座禅はこれが2度目の体験だった。1度目は97年夏。アルコール依存症で入院した埼玉県の秩父病院でのことだ。

入院2日目の深夜、人の気配を感じてベッドの下をのぞくと漂泊の民「ロマ」の小人の男女が踊っていた。社会主義が地響きを立てて崩壊した90年に、取材で訪ねたハンガリーの首都ブダペストの郊外で見た懐かしい光景だった。

小人たちの足元には清流が流れている。僕はベッドに座って足をつけてみるのだが、一向にぬれない。四つんばいになって川に身をゆだねてもぬれない……。

もうろうとした意識の中で、「幻覚」という言葉が浮かんだ。

アル中の幻覚といえば、ムカデやゲジゲジのようなものが天井や壁を這《は》い回るようなものを想像していたのだが、この時、僕の見たものは牧歌的とでもいうか絵画の世界のようなものだった。ただ、まったく音がしなかった。

僕はその時、幻覚から脱するために座禅を組んだ。

どれぐらいの時間が過ぎただろうか。遠くで般若心経が聞こえた。僕がそれに合唱するとしばらくして、踊りが消えていった。

禅の修行で何時間も座禅を組んでいると幻覚が現れることがある。時に観世音菩薩《かんぜおんぼさつ》が現れたり、自分が仏と同化したような錯覚に陥る。それを見抜いた禅僧はすかさず「警策《けいさく》」といわれる棒で背中をたたき、幻覚を追い払うのだが、かつてのそんな体験が病床で役に立とうとは予想だにしなかった。

秩父病院でのこんな体験以来、一度は酒を断った。とはいえ1年半後にパーティーの席でワイングラスを手にしてしまった。「赤ワインをグラス2杯ぐらいだったら、かえって健康にいいんじゃないか」という医者の友人の言葉に飛びついたのだ。

その味のなんとうまかったことか。あとはご推察の通り、がんに向かって転がり落ちた。幻覚に勝っても、酒に負けたわけで、はなはだ修行が足りなかったことになる。

そして今回の2度目の幻覚である。

医師によると、肩から腕の激痛を抑えるための大量の鎮痛剤や睡眠薬を肝臓が消化しきれず残留し続けたことや、ベッドで点滴や酸素吸入器につながれて自由をなくしたことからくる極度のストレスで「せん妄状態」❖にあったらしい。

結局、幻覚にサヨナラできたのは10月下旬。医師団が試行錯誤の末に薬の種類を変え、数も大幅に減らしたころからだ。

とはいえ、苦行はこれでおしまいではなかった。再び肩から右手にかけて強烈な痛みに襲われて、利き腕が次第に動かなくなったのだ。

❖せん妄　意識障害の一つ。意識の軽い混濁に加え、幻視(ないものが見える)、妄想(実際にないことを確信する)などが生じる。見当識障害(自分がどこにいるかなどが分からなくなる)も出る。

【病室にて】02年12月13日
めいが自宅の庭から、好物のキンカンを持ってきてくれた。時期が早いのか少し酸っぱい気がする。来客が20人を超え、すこしぐったりした。今回の連載が社内の主筆賞を受賞し、その賞状を持って、夕方、編集局長がやってくる。

12月14日 肝臓がん——病巣を兵糧攻め

治療報告……上

「原発性肝臓がん」。佐藤記者が01年8月にがんと診断されたときの病名だ。「原発性」は、別の臓器からの転移ではなく、最初から肝臓にがんができたことを意味する。佐藤記者の肝臓がんは正しくは肝細胞がんと呼ばれ、肝臓をつくる肝細胞ががん化するものだ。アルコール性の肝硬変が進行してがん化したものと推測される。肝臓がんの9割以上が、この肝細胞がんだ。

肝臓がんの治療法として、「肝動脈塞栓《そくせん》療法」が選ばれた。細い管を太ももの動脈から肝臓の中を走る肝動脈にまで挿入し、肝臓がんの組織に近いところで、1〜2ミリ角のゼラチンなどの小片を血液中に放出する。小片は細い血管に入り込んで詰め物となり、その先に血液が行かなくなる。肝動脈から栄養を得て増殖するがん細胞は、栄養源を断たれて壊死《えし》する。城を囲む兵糧攻めと似ている。

なぜ、塞栓療法が選ばれたのか。肝臓がんの治療法は、他に、(1)エタノール注入療法(2)ラジオ波熱凝固療法(3)手術によるがんの切除(4)肝臓移植——がある。

(1)はがん組織にアルコールの一種のエタノールを入れて、がんを固まらせて壊死させる。(2)

は針のような電極をがん組織に刺し、ラジオ波を出してがんを焼いてしまう方法。どちらも、肝臓がんが直径2～3センチと小さく、がん組織の数も少ないときに有効だ。

手術はどうか。肝臓は一部を切除しても再生するため、手術に向いていると考えられてきた。しかし、手術は▽がん組織が比較的狭い部分に限られる▽がんを切除しても肝機能が損なわれない——という条件を満たす必要がある。肝機能が悪いと、手術に肝臓が耐えられない恐れがある。

手術ができなくても、悲観することはない。幸い、肝細胞がんは他の臓器に転移しにくい「おとなしいがん」だ。塞栓療法などの治療を繰り返して、がんと共存しつつ10年前後生活できる場合もある。佐藤記者の肝臓がんは、2度の塞栓療法が効いて抑えられている。

問題は、食道がんと、そこから転移した鎖骨近くのリンパ節の腫れだという。

【病室にて】02年12月14日
上野で開催中のガンダーラ彫刻展の写真集を、友人が差し入れ。一度は訪ねてみたかった異郷の地に思いを馳《は》せる。息子と嫁さんが孫を連れて顔を出す。妻にみんなで食事をしてくるように言う。ここ数日、水がからく感じられるのはなぜだろう。

肝動脈塞栓療法

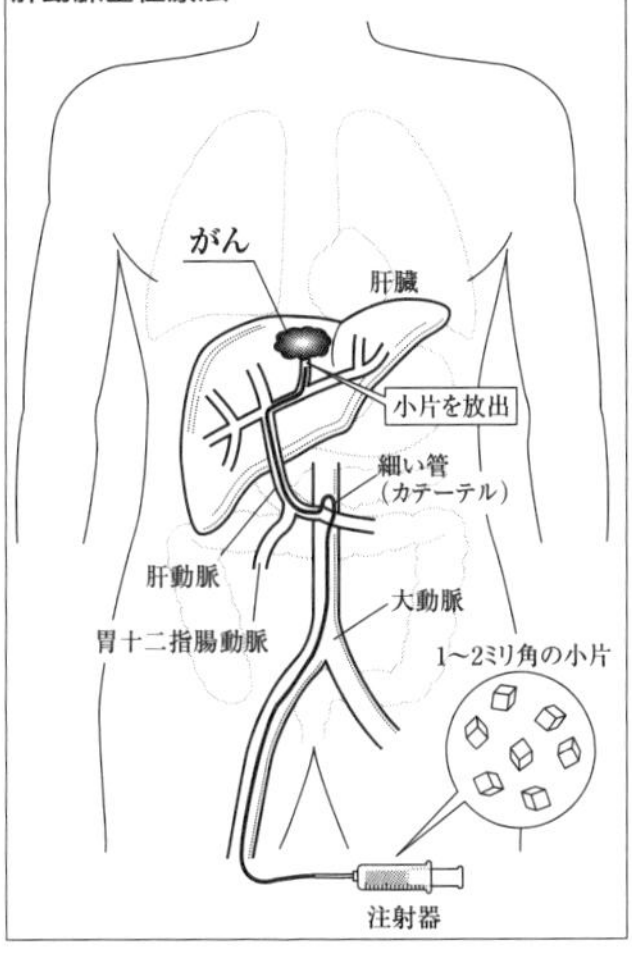

❖幕内雅敏・東大医学部付属病院外科教授の話

肝機能がよく、肝臓がんが3センチ以下で個数も少ない場合は、手術が基本だろう。ここ10年で、手術した際の生存率は10％前後向上した。がんは小さいが肝機能が悪い時は肝臓移植が考えられる。肝臓がんが広範にひろがっている場合は、肝動脈塞栓療法がいい。慢性肝炎などを抱える人は定期検査で早期発見に努めれば、長生きできると思う。

12月15日
食道がん──負担避け放射線選ぶ

治療報告……㊦

佐藤健記者に食道がんが宣告されたのは、肝臓がんの発見から9カ月後の02年5月だった。肝臓からの転移ではなく、食道の細胞が独自にがん化した「原発性」のがんと分かった。直径4センチと2センチの大きさのがん組織が食道の前側の壁にあった。大きくなったがん組織が食道の前にある気管壁にくっつき、手術ではとりにくい状況だった。

さらに食道がんの細胞が転移して、左右の鎖骨近くのリンパ節が腫れ、「4A」期と診断された。がんは早期から進行度の高いものまで1〜4の4段階があり、4はもっとも進行度が高い。4Aと4Bに分かれ、4Bの方が進行している。

鎖骨のリンパ節のがんは、食道のがん細胞がリンパ管(リンパ液が運ばれる管)を通って移動したもので、血液を通じての他臓器への転移はないと考えられた。がん組織がいったん血液中に入ると、血液の流れに乗って体内のあちこちに飛び散り、遠く離れた臓器に転移がんができやすくなる(血行性転移という)。これに対し、リンパ管による転移は局所に限られることが多く、血行性転移に比べると治療しやすい。

佐藤記者の食道がんとリンパ節に対しては、放射線を患部に当て、がん組織を壊死《えし》させる放射線療法が選ばれた。放射線の利用は、抗がん剤投与と組み合わせた「放射線化学療法」が一般的だ。抗がん剤が放射線の効果を増強させるからだ。

しかし、佐藤記者のケースでは、化学療法は勧められなかった。抗がん剤が肝臓にダメージを与えやすく、肝機能が低下している佐藤記者の肝臓をさらに痛めつける心配があったからだ。

そこで、放射線を単独で照射することにした。当て過ぎると、副作用が出る恐れがあるが、30回ほど照射した結果、食道のがん組織は壊死して小さくなり、CT(コンピューター断層撮影装置)の検査ではほとんど見えなくなった。食べ物ものどを通りやすくなり、左の鎖骨のリンパも縮小し、目立たなくなった。

しかし右鎖骨のリンパの腫れはとれないままで、そばを通る「神経の束」を圧迫し、右肩にかけて強い痛みを感じるようになった。02年8月末に痛みが激しくなり9月に入院。モルヒネを使い、それなりの効き目は出ている。

【病室にて】02年12月15日

ベッドに伏せていて、相田みつをの言葉を思い出す。「極楽を約束されても、娑婆《しゃば》がいい」。気分転換に看護師さんにドライシャンプーをしてもらう。足のつめも切ってもらいさっぱり。

❖大津敦・国立がんセンター東病院内視鏡部長(消化器がん)の話

現時点では、転移が局所に限られる場合の食道がんの治療は手術が標準的だが、「4A」期の場合は放射線化学療法が選択されることが多い。手術は首と胸とおなかを開けるため負担が大きいが、近年専門施設での手術死亡率は1～2%に減少している。

放射線化学療法は、手術に比べ患者への負担が少ない長所がある。海外では両者の成績はほぼ同程度とされ、日本でも放射線化学療法を選択する患者が増えつつある。食道がんは進行が速く早期発見が重要だし、食道がんのきっかけになる酒、たばこを控えることが大切だ。

右手が動かない…　12月16日

右肩からひじにかけて激痛が走るようになったのは、幻覚を見ていた02年10月前後の時期と重なる。痛みをとるために投与した鎮痛剤が残留して幻覚を見るという悪循環。その果てに体に合う薬の配合が見つかったのだが、右腕は徐々にいうことをきかなくなった。

「首のリンパのがんが神経を圧迫しているようです」

と医師は説明した。

「左腕と交換できないでしょうか」

冗談を言う僕の口調がぎこちなかった。

僕はパソコン万能の時代に鉛筆で原稿を書く化石のような存在だ。左手で右手を持ち上げて鉛筆を握り、この企画の原稿を書き続けた。歯ぎしりするような日々だった。

暇をみては体力づくりのために、東大構内の散歩を始めたのも、このころだった。連載を決意するきっかけと力をくれた秋田県・玉川温泉の雪景色を見ておきたかった。生き物たちの気配が消えた白い世界で、命をともし続ける人々の中にいま一度、身を置いてみたかったからだ。しかし体調はいっこうに芳しくならなかった。

11月11日、僕は還暦を迎えた。医師や看護師さんが僕にエールを送る色紙をプレゼントしてくれた。親類や友人たちも祝いに駆けつけた。そして、僕は看護師さんたちの手で、病棟にあるお風呂に入れてもらった。体を洗ってもらいながら、還暦という「2度目の人生」の産湯につかっているような気がした。

2歳になった孫娘が見舞いに来たのはその数日後。会う度に大きくなる孫の姿を見つめながら、「僕の細胞が分裂して成長していくような喜び」を感じた。

秋風は木枯らしに変わり、散歩がきつくなった。

師走。企画がスタートして間もなく、高熱を出してベッドにふせた。右手はもう動かない。よりによって利き腕の自由を奪うなんて……。

決意のうえで、社会部の萩尾信也記者に切り出した。

「悔しいが、僕にはもう原稿をこの手で書き続ける力がなくなった。これからは君に口述筆記をお願いしたい。苦労をかけるが付き合ってほしい」

特派員として湾岸戦争やカンボジア紛争の現場を歩き回り、冬は自ら路上に寝泊まりしてホームレスの物語をルポした47歳になるこの同僚は、入院直後から付き添い、資料収集や原稿をパソコンに打ち直す作業を手伝ってくれていた。

彼は言った。

「もちろん、とことんお付き合いしますよ」

その夜は、2人で時の過ぎるのも忘れて取材の思い出話や文章談義を交わした。

翌日から治療や見舞い客の合間を縫い、テーブルをはさんでの二人三脚が始まった。萩尾記者が僕の右手に代わって原稿をパソコンに打ち込み、そこに幾度も幾度も手を入れた。この原稿も僕の言葉を彼が記録し、それをもとに幾度も手を入れて書いている。

そして、12月上旬、僕は萩尾記者にこう告げた。

「オレの代理で真冬の玉川温泉に行って、そこに集う人々の物語をリポートして欲しい」

翌日、萩尾記者は真冬の湯治場へ向かった。

【病室にて】02年12月16日
午前中、知人の息子さんのNHKプロデューサーが訪れ、20年ぶりにじっくり話す。「現場の体温を大事にしよう。イチロー同様、飛んできた球に対応して打ち返さなきゃな」と問わず語り。点滴を続けながら、見舞いに来た後輩の女性記者に説教をする。「ボロを着て錦を目指せ」。さて、通じたかどうか。

午前3時。雪を踏みしめ、岩盤浴に向かう人がいた
写真:萩尾信也

「健さんによろしくね」

12月17日

「雪深き湯治場でがんと寄り添う人々の温《ぬく》もりを、この肌で感じたかった」。師走の玉川温泉(秋田県)を、病床にて思う。僕に代わってみちのくに飛んだ萩尾信也記者から、ファクスが入った。2回にわたり、萩尾記者が仕上げた「玉川リポート」をお届けする。

萩尾記者の玉川温泉リポート……………上

静寂の音だろうか。

「キーン」と耳の奥が鳴っている。

天地の境が闇に消えた午前3時。宿の寒暖計は氷点下5度を指している。凍《い》てつくような外気がほおをたたく。

雪原に残った足跡をしばらくたどると、地熱で雪が解けた岩肌に朽ち果てた掘っ立て小屋が浮かび上がった。

中に入ると、懐中電灯が蒸気が立ち込めた10畳程度のスペースに横たわる先客2人の姿を照らし出す。

「真っ暗な中をご苦労さん。こんな時間にお兄さん、ずいぶんと勇気があるわね」

年配の女性の声がした。

パンツ一丁になってゴザを敷き、その上で毛布にくるまるとじきに地球の熱で体の芯《しん》まで温まった。

「ここで眠ったまま亡くなった人がいるのよ」

「うらやましいね。大往生じゃないか」

「源泉の熱湯に落ちて死んだら、地獄かしら」

がんを患う東京の女性(57)と長野の男性(64)がこんな会話を交わしていた。

夏の最盛期には600人を数える湯治客も、一般車両が雪で通行止めになる冬場は70人前後に激減する。大半が1週間以上の長期滞在で、顔なじみだ。

乳がんを患う愛知県の長谷川準子さん(57)は夫の忠明さん(60)とやって来た。02年5月に罹患《りかん》が分かり、定年したばかりの夫とふたりであちこちの温泉を訪ねて、療養を続けてきた。

「昔から夫はなんでもこまごまとやってくれる人だったけど、私が病気になってからは本当によくしてくれるの。私もがんを知った最初のころは内に閉じこもっていたけれど、この人に励まされて少し気力が出てきたみたい」

そういう妻の歩幅を測りながら、夫が寄り添う。浴場に向かって長い廊下を一足一足進む2人。傍らではクリスマスツリーのイルミネーションがチカチカ光っていた。

洗濯場で脱水機をガタガタ鳴らす胃がんの60代の男性がいた。

「初めての洗濯でさ、いろいろ勉強したよ。洗濯物は平らに入れないとダメなんだって。家ではいつも女房におんぶに抱っこだから。帰ったら一度、女房の肩でももんでやろうかな」

乾燥が終わった服をぎこちない手つきでたたむ。

こうして男たちは不便な湯治場暮らしで家族の温もりを知るのだが、女たちは解放感の中で家族を思う。

「洗濯は1人分、炊事や掃除もいらないし、療養に専念できるわ。ほんと天国みたい」

「上げ膳《ぜん》据え膳。買い物もなし。でも、父ちゃんや子どもたちに電話で『心配しないでゆっくりしてこい』って言われると弱いのよね。涙が出ちゃう」

「2週間分のおかずを冷凍してきたの。夫と息子たちがチンして食べるようにってね。でも、そろそろ帰って温かいもの作ってあげようかなって思うのよ」

笑い声が絶えない大部屋の会話だ。

20代から70代の女性15人が暮らす。四国から来た子宮がんの女性(57)は言った。

雪に覆われた
冬枯れの峡谷
写真:萩尾信也

「初めて玉川温泉に来たんだけど、最初は個室に入ったのよ。誰も知り合いがいないし、部屋に閉じこもっちゃってね。まるでがんと〝二人ぼっち〟みたいな生活だった。そしたら、看護師さんが気を利かせて大部屋を紹介してくれたの。同室になったみんなにはずいぶんとパワーをもらったわ。病気のことや家族のこととか思いのたけを話し合って分かったの。私は独りじゃないって」

脇から膵臓《すいぞう》がんの女性が付け加えた。

「ありがとうって言葉を素直にいえそうな気になるのよね」

大部屋には、健さんの「生きる者の記録」の新聞記事のコピーが積んである。

午後10時。

「おやすみ。健さんにも、よろしく伝えてね」という声に送られて部屋に戻る。

途中で宿の外に出てみると、朝から降り続いていた雪がやみ、星の光がシャワーのように降り注いでいた。

原稿を読み、夏の日に僕を癒やしてくれた彼らの温かなまなざしがよみがえる。「ありがとう」。僕もみんなに伝えたい。

【病室にて】02年12月17日

相変わらず食が進まない。点滴での栄養補給が続くが、たかが知れている。伊豆の松崎から届いたみかんをがんばって口に運ぶが、すぐにテーブルに戻す。まあ、のんびり気長にやっていくか。

「春には健さんも連れてこいよ」
12月18日

玉川温泉（秋田県）の萩尾信也記者から原稿第2弾が届いた。冬の湯治場で行われた「同窓会」の物語がつづってあった。

萩尾記者の玉川温泉リポート……下

写真（76ページ参照）は漆の赤い色が紅葉の訪れを告げた9月下旬に撮影したものだ。健さんの執筆の手伝いを引き受けたその足で独り玉川を訪れた日々に、相部屋で出会った4人組と「冬の同窓会」の開催を誓い合った記念の一枚である。左から池田育男さん（75歳、大阪府）、島田秀一さん（71歳、北海道）、高橋邑二さん（64歳、長野県）、石村朋三さん（65歳、群馬県）。ともにがんを抱える身であった。

心身を覆う衣を脱ぎ、腹を割って本音をさらし合う同室の友だった。中でも部屋の「玉川博士」と呼ばれた池田さんの戦争体験はがんと向き合うためのヒントになった。

池田さんは戦時中、グアムの海軍の病院部隊にいた。終戦の1年前の44年8月、隊は解散して多くがジャングルに逃げ込んだ。

「弾がある時は、少しも怖くなかった。死を意識するよりも生きることに必死だった。でも、まもなく弾が尽きた。それで、米兵に背中を見せて逃げ始めたら、とたんに恐怖が襲ってきてね。だから私はがんを告知された時にこう決めたんだ。がんから逃げるのではなく向かっていこうって」

こう言って持参のガイガーカウンターを手に、岩盤から出る放射線を測定して回る池田さんの姿勢は、他のメンバーのテキストになった。

あれから2カ月。

冬の湯治場で再会したのは高橋さんと石村さんだった。高齢の池田さんは厳冬期を避けて、11月初めにひと足早く再訪を済ませていた。お茶で再会を祝いながら、私は2人に悲しい知らせを報告した。島田さんが11月6日に息を引き取ったのだ。

島田さんが内視鏡検査で肝臓がんを知ったのは5年前だった。治療の合間にシングルの腕前のゴルフを年間70日もこなすほど元気だったが、02年8月に腰の骨に転移。お会いしたのは、同じがんの友人にすすめられて、初めて玉川詣でにやって来た時だった。

「僕のがん子ちゃんは浮気者だ。あっちこっちで子どもをつくっちゃった」

がんを女性に例えて笑い飛ばした島田さん。健さんのことを話した私に「今度は健さんも一緒に来れればいいね」と声を掛けてくれた。島田さんが激痛に襲われて入院したのは帰宅した翌日の9月下旬。島田さんから同室となったメンバーに「新じゃが」が届いたのは数日後のことだった。

亡くなったと知ったのは今回の「同窓会」の直前だ。島田さんの家に電話を入れて訃報《ふほう》を知った。

「我慢強い人でした。『耐えられない痛さなのにすごい』ってお医者さんが言ってました。でも、玉川温泉のことがよほど楽しかったみたい。意識を失う直前まで繰り返してましたよ。『本当に楽しかった。みんなに元気をもらった。もう一度行くぞ』って」

受話器の向こうから奥さんの涙声が聞こえた。

真冬の同窓会は、そんな島田さんの思い出話で始まった。3人で浴場に繰り出すと我々の貸し切りだった。しばらくの沈黙を置いて、湯船に首までつかった石村さんが口火を切った。

「来春、孫娘が小学校に入学するんだ。ランドセルを背負った晴れ姿を見ることが目標だよ」

隣で高橋さんが天井を見上げながらこう言った。

「最近時々思うんだ。がんになったことで得たものもいっぱいあるんじゃないかって」

隣の女湯で洗面器が「コーン」と鳴った。

4日後、尽きぬ話に未練を残して、私は一足先に帰途に就いた。バスの窓越しに石村さんと高橋さんがこんな言葉で見送ってくれた。

「今度は春の同窓会をやろう。健さんも連れて来いよ」

湯治場の周辺では風花が舞っていた。

4月下旬、雪の間から顔を出した熊笹《くまざさ》が玉川温泉の春を告げる。芽吹きの季節の「同窓会」。僕にも目標が出来た。

【病室にて】02年12月18日

病院の1階に屋外喫煙所がある。喫煙はもう3週間のごぶさたになるのだが、通りすがりに目をやると、寒風の中で入院患者らがたばこをくわえている。禁煙全盛の時代とはいえ、あれじゃ患者が風邪を引いてしまう。愛がない。

湯治宿で相部屋になった4人は
再会を誓い合った

雪に覆われた冬枯れの峡谷

冬の湯治宿の同窓会。
新たな仲間が加わった
3枚とも、写真:萩尾信也

12月19日 痛みの表現は難しい

玉川温泉を萩尾記者が訪れたころ、僕は肺炎に襲われた。

首の腫瘍《しゅよう》が膨らんで放射線治療を再開したのだが、後遺症で体力が低下。免疫力が落ちたところを狙い撃ちされたのだ。新たに吐き気も加わって、寝たきり生活が続いている。

歩き回る体力もない僕にとって取材の現場は自分の肉体と病床の周辺の風景に限定されるのだが、目下の最大のテーマは「痛み」である。

「今日の痛みはどれくらいですか?」

「2・5ぐらいかな」

1日2回の検温時、僕は看護師さんとこんなやりとりをしている。

痛みは共通のものさしが作れないのが特徴だ。医療スタッフにすら伝えるのが難しい。僕の場合は10段階にわけて表現している。息も出来ない痛みを最高の「10」として区分するが、それより痛い時がある。頭が真っ白くなる痛み。思考能力もなくなって、自己認識すらできなくなる。その時は「12」とか「15」と表現する。

痛みは実にやっかいな代物だ。瞑想《めいそう》や座禅で病への憤りや死への恐れはある程度克服できても、こいつにだけは通用しない。鎮痛剤の効き目の間を縫って姿を現し心と体をむしばむのだ。

ひとことで「痛み」と言ってもさまざまな顔がある。絶望的な痛さ、あちこち飛び回ることもあれば、響くような鈍痛もある。心をかき乱すやつもいる。「疼《うず》く」「差し込む」「走る」「しびれる」「キリキリ」「ずきずき」「がんがん」「しくしく」……。辞書を引くと書ききれぬほどの語彙《ごい》がある。

痛みとは祈りや文学をつくるほどに奥深き言葉なのだ。

厚生労働省によると、日本人の死因の3割ががんである。うち70％が痛みを経験し、30％は耐えがたい痛みに苦しむという。ちなみに看護師さんの説では、痛みでナースコールしてくる8割方は男性だそうだ。

「痛くて死にそうだ」という言葉を頻繁に使うのも男だ。

「女性はお産や生理で痛みを日常的に知っているから男性より冷静に向き合うことができる」と看護師さんは解説する。

見舞客や介護者の定点観測も面白い。

見舞う側と見舞われる側の心情や現状認識が一致するうちはいいのだが、それが外れるとなんとも間の取りづらいことになる。体調がいい時には出来るだけ対応したいと思うのだが、そうでない時に長居されると閉口する。がんばって相手を続けると、元気なのかと勘違いされるし、そうでないとなんだか相手に申し訳ないような気にもなる。

困るのは目の前で、いきなり泣き出された場合だ。体調がいい時は笑って済むが、悪い時はダメを押されるようでつらい。

「そんなにがんが進行しているのかな。自分が考えているよりも早めにあの世に行くことになるのかな」。そんな思いに駆られる。

赤ん坊のように扱うのもやめてほしいものだ。記憶にはないのだが、幻覚を見続けたころに萩尾記者を怒鳴りつけたことがあるらしい。

「深夜に健さんが起き出して、こちらは眠いものだから『よしよし、健さん。大丈夫だからおやすみ』と寝かしつけようとしたら、『バカにするな』って怒られました」

彼の反省の弁だが、幾度か入退院を繰り返す中で看護師や医師の口調にも同じ思いを抱いたことが幾度かある。多くの患者を抱えての大変な仕事には頭が下がるが、こと生き死にかかわる仕事だけに、言葉のひとつひとつが患者の心に突き刺さるということを忘れないで欲しい。特にホスピスなど看取《みと》りの医療の必要性が叫ばれるこの時代には、医大や看護学校のカリキュラムにもっと患者の心理や看取りについての講座が増えてもいいのではないか。

……と続けたところで、また肩の痛みと吐き気が始まり、口述筆記をやめにする。かくして一日が過ぎていく。

「さて、さらなる痛みはやって来るのか、心の痛みにはどうするか」

そんなことを思いつつまた夜が更けていく。

【病室にて】02年12月19日
秩父の知人が熟柿と干し柿を差し入れしてくれる。甘い香りによだれが少し。食欲が戻ったかな。午後、早稲田大学の石山修武《おさむ》教授からジャズのCDが届き、さっそく聴いてみる。

12月20日
「死ぬのは怖いに決まってるさ」

12月20日、薄曇り。14階の病室の窓から、入院102日目のたそがれを望む。

師走、夜の帳《とばり》がストンと落ちると、眼下に広がる東京の街がいきなり光の海に変わる。そんな時、空に浮かんでいるような錯覚に陥ることがある。

数日前もそうだった。

「その瞬間が日を追うごとに近づいているってことが、動物的勘で分かるんだ。眼前の滑走路が次第に姿を大きくしている感じだな。時々『痛み』とか『吐き気』という乱気流に機体が揺さぶられながら、少しずつ高度を下げている。そんな気分だ」

夜景を見ながら見舞いの友人に言った。

振り返ればがんを発症して以来、さまざまな語らいを重ねてきた。

「健さん、死ぬのは怖くないですか」

萩尾記者は聞いた。

「怖いに決まってるさ」

即座に答えた。想像しただけで胸が締めつけられる日もあった。

一方で、「死」をむきだしのままに突きつける「がん」という病を「面白い」と思う。「自業自得」と笑い飛ばす時もある。死は、避けては通れぬ存在なのだ。

「死を美化しないでほしい」

読者の便りにはこんなくだりがあった。

僕は「生」を記録したいのだ。さびしがりやで怖がりで、酒にだらしない僕はいつも「生きし者」の足跡をたどり、「生きる者」との出会いを求めて旅を続けてきた。それを最期まで貫きたい。

「佐藤さんはぜいたくです。病気になっても記事を書き続けるという目標と、その場所と機会がある」

時々、病室に顔を出す医師の言葉だ。山積みになった読者からの反響がなによりの励みになった。批判も支援もかみ締めている。

僕のわがままを支えてくれた同僚や友人たちには感謝している。この期に及んでも新聞記者でありたい。

「おやじは家庭人としては失格だけど、男としては最高だと思う」

息子が知人に語った言葉は、照れくさいが、うれしかった。

「いつか倒れるかもしれないから、あなた、30代の時から

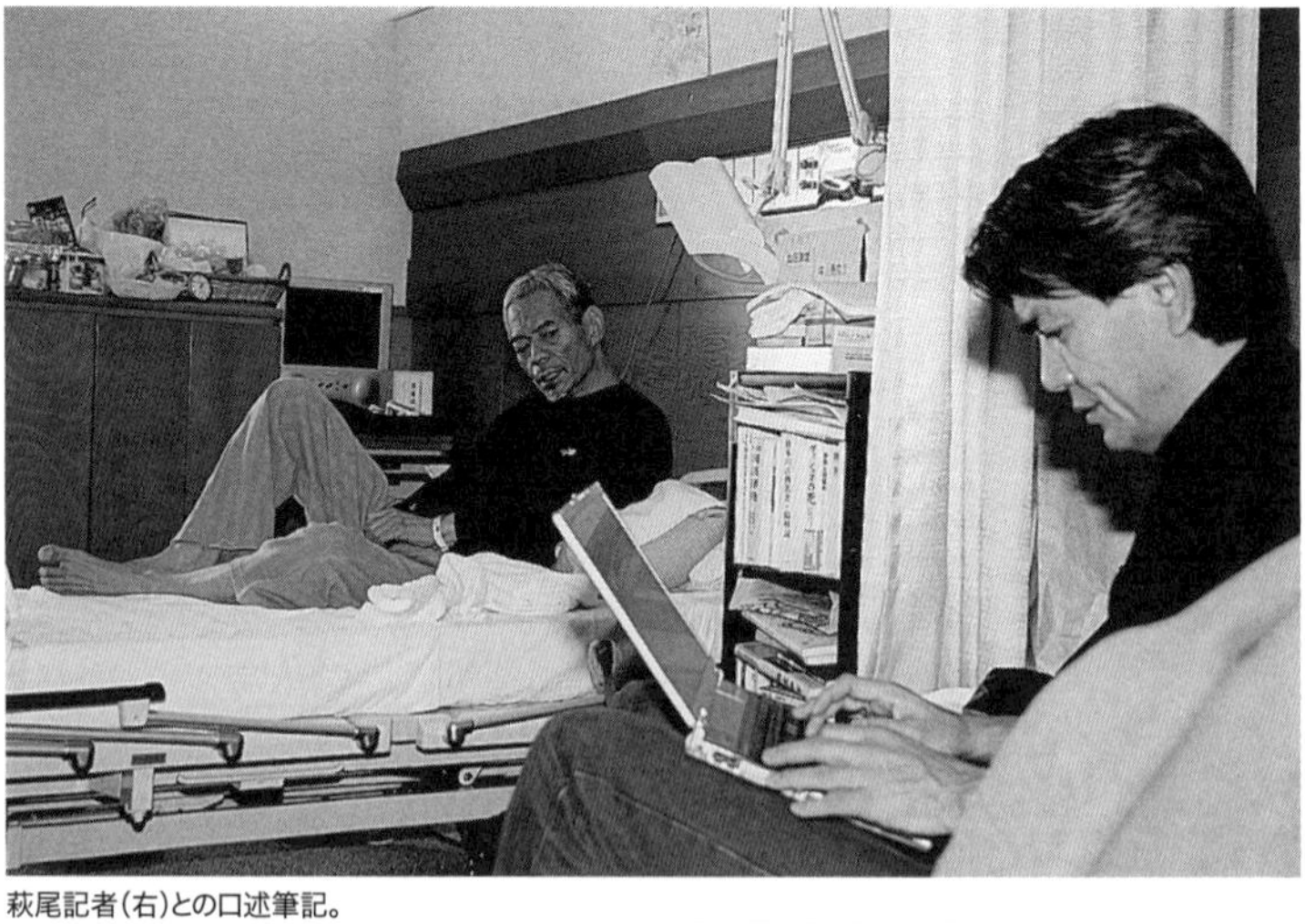

萩尾記者(右)との口述筆記。
体調がいい日には3、4時間にわたった

がん保険に入ってたのよ」

妻の先見の明には頭が下がる。おかげで〝豊かな〟入院生活を送ることが出来る。

「金銭的な事情や肉体的な理由から玉川温泉にたどり着けない人もいっぱいいる」

湯治場の浴場で同病の男性が言った。

「不十分な医療しか受けられない人もいっぱいいるんです」

これは婦長さん。謙虚でありたい。

夜7時のラジオが来年度の予算原案のニュースを伝えた。夕食も終わり、長い夜が始まる。ベッドの脇では妻が読者の便りを読み、反対側で萩尾記者が僕の口述筆記の原稿をパソコンに打ち込んでいる。窓の外では、街のネオンが点滅している。明かりの下でみんな生きている。

僕は萩尾記者に、原稿の末尾にこう付け加えるように言った。

〈読者の皆様　しばし小休止します。年末に一度、クリスマス原稿をお届けし、年が明けてしばらくしてから再開します〉

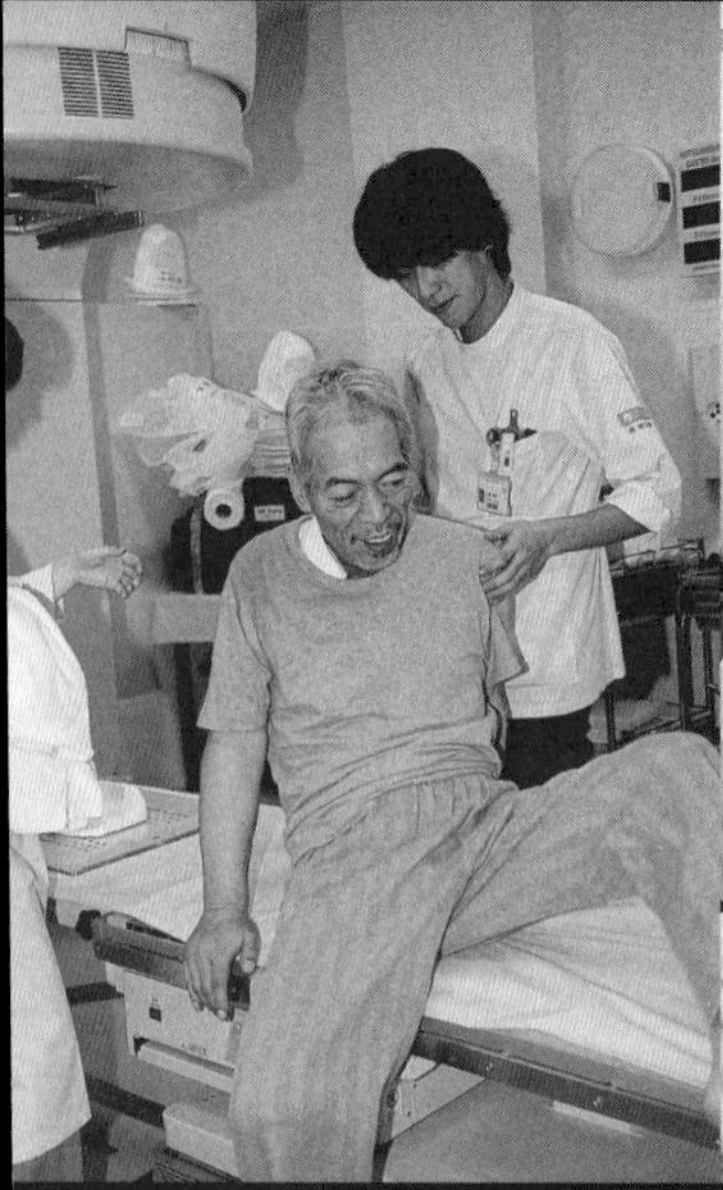

治療が終わって、
医療スタッフと言葉を交わす

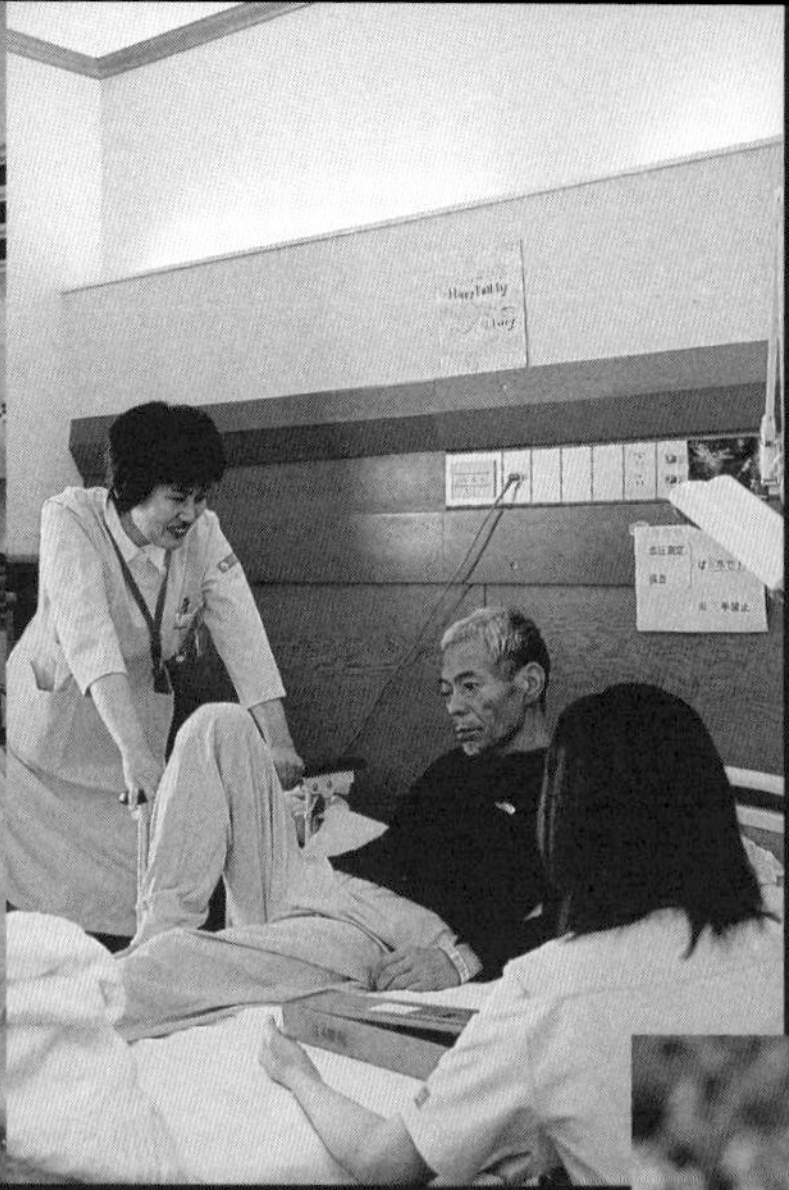

笑顔を絶やさぬ看護師さんに
感謝している

東大構内。
左に進むと外来棟

看護師さんが数人がかりで
風呂に入れてくれた。
これを称して「天女の湯」
写真:萩尾信也

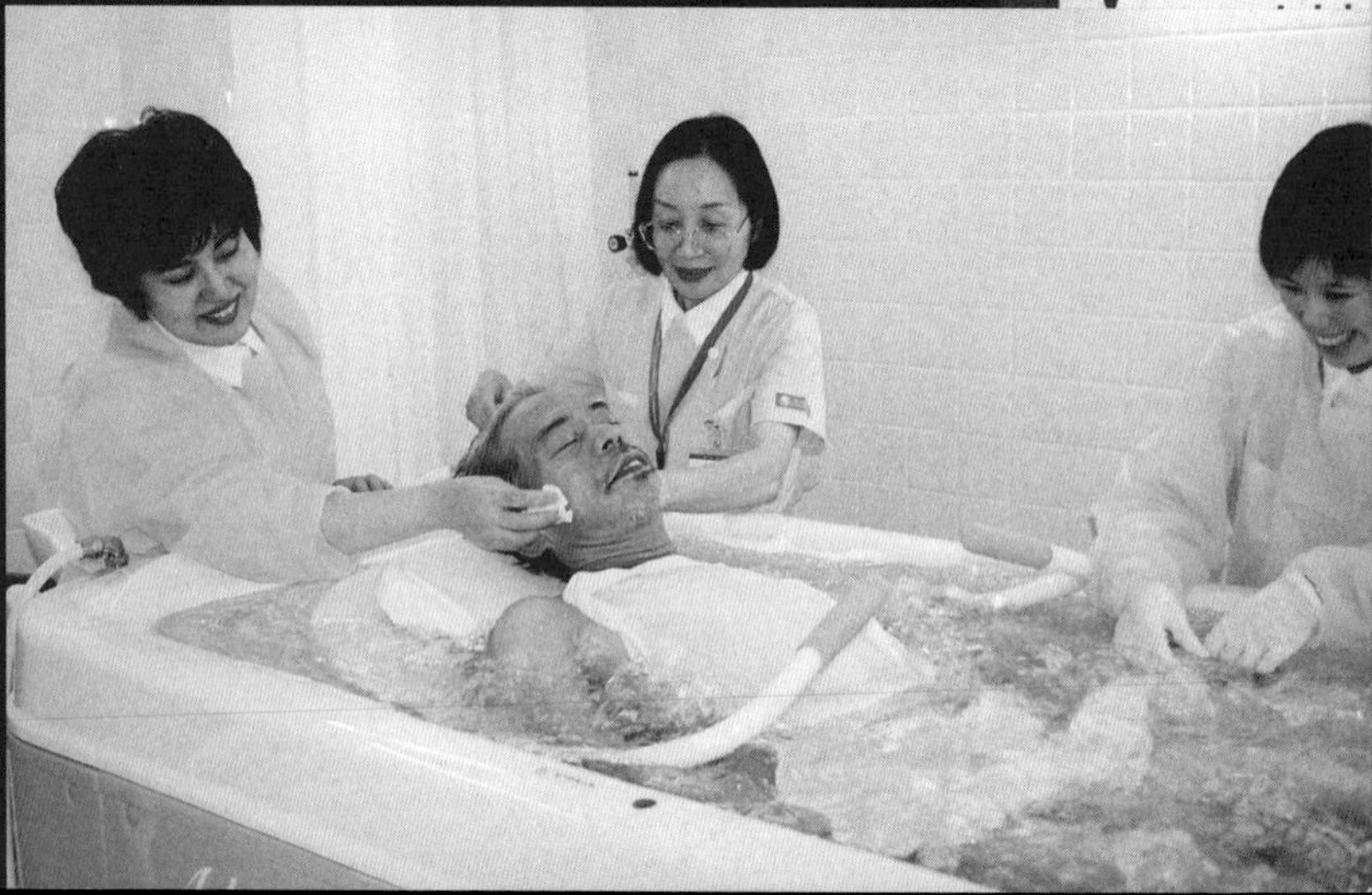

「人の温もりを伝えたい」が僕の口癖。
ジャーナリズムの現場の後輩にも伝えたい

サービス精神旺盛な僕。
いつも看護師さんを笑わせる

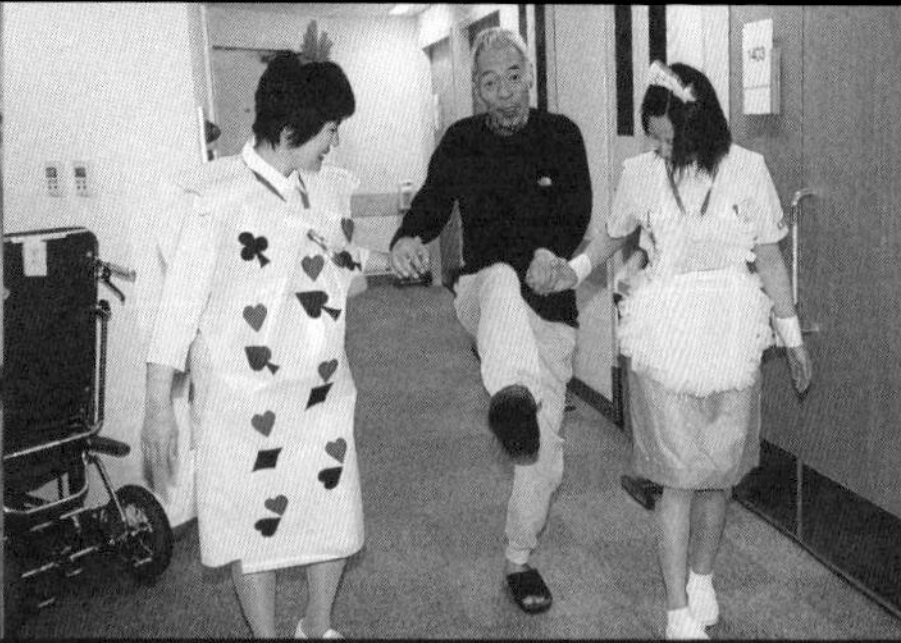

病棟のパーティーに向かう。
出迎えはコスプレ姿の看護師さん

医療スタッフと患者の
交歓会。
主賓は還暦を迎えた僕だ

パーティー会場

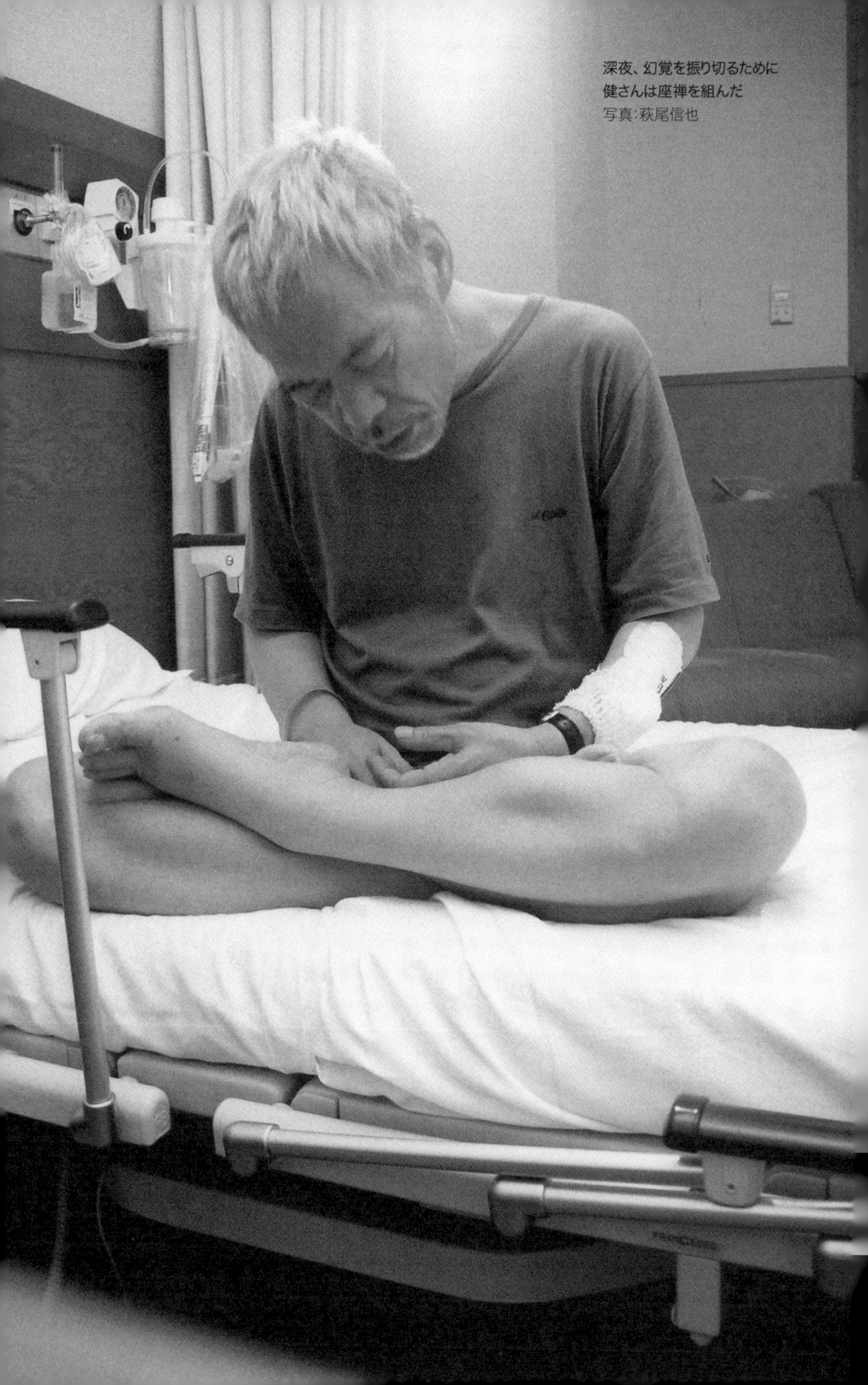

深夜、幻覚を振り切るために
健さんは座禅を組んだ
写真:荻尾信也

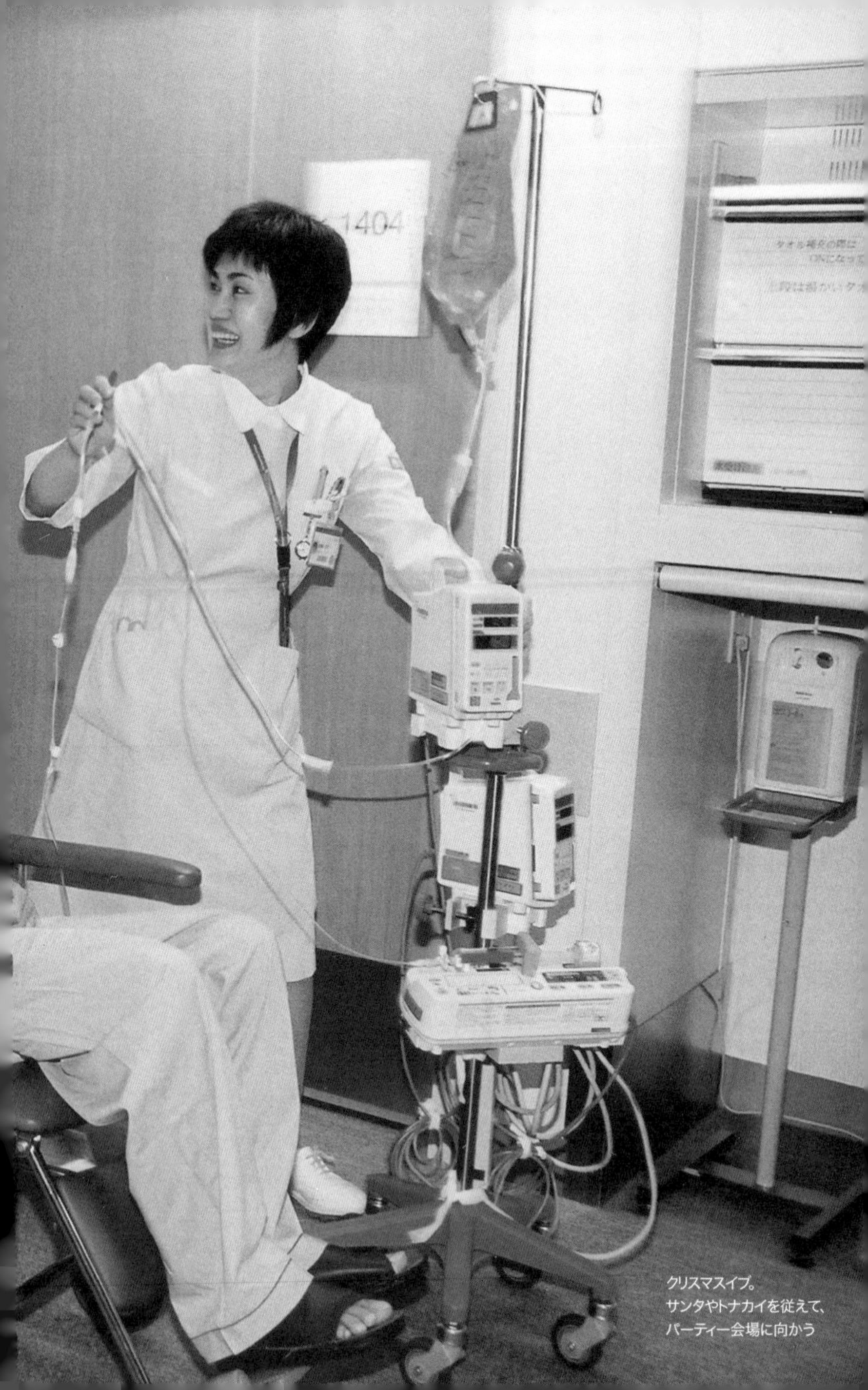

クリスマスイブ。
サンタやトナカイを従えて、
パーティー会場に向かう

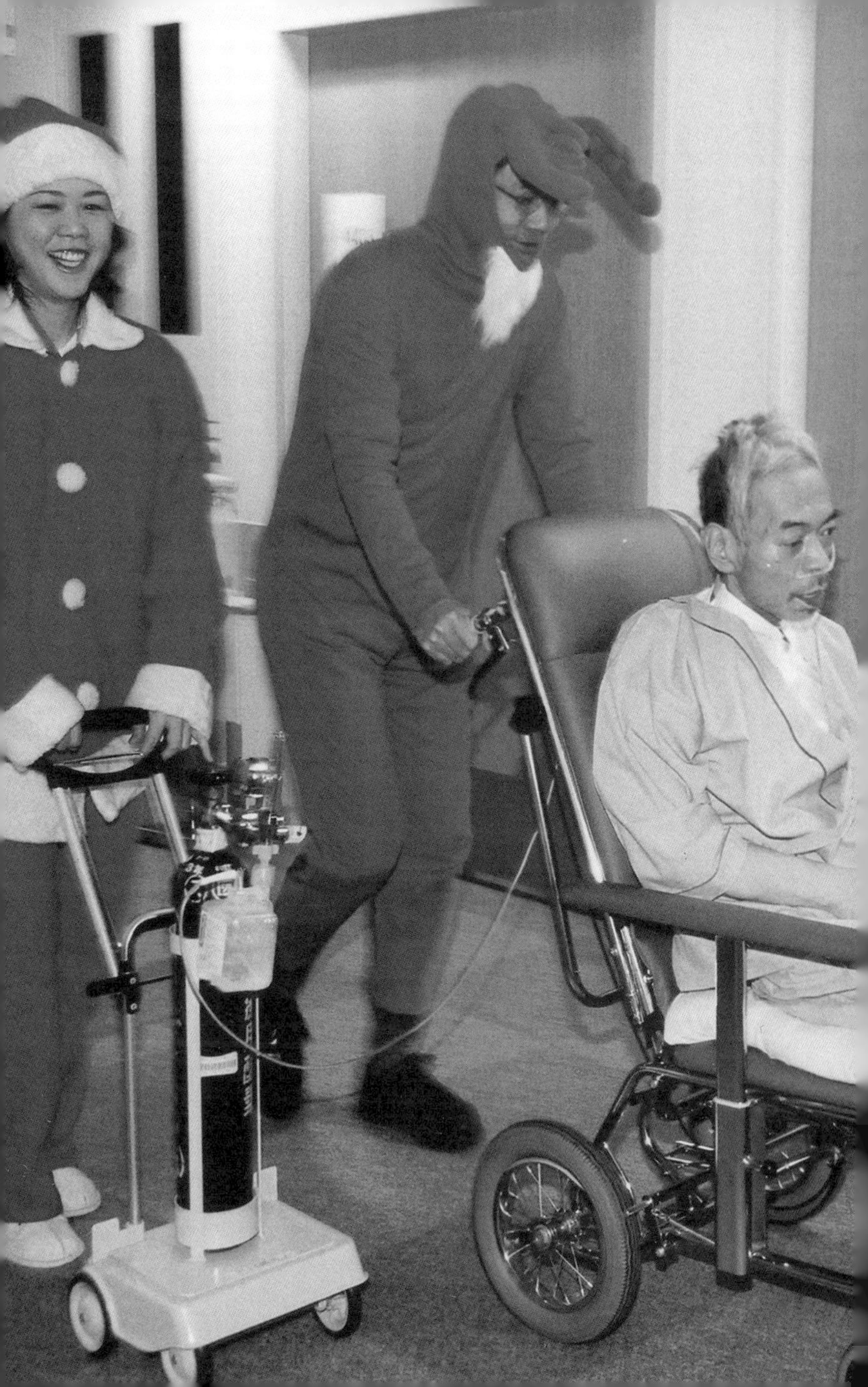

病床で手紙の主と対話する 12月21日

読者から佐藤健さんへ……❷

◉兵庫県尼崎市、会社員、伊藤新次さん（56）

「今日も生きていてくれたんだ！」。そんな安心感が読む私の心を癒やします。徹夜作業で帰ってきて、郵便受けに入っている朝刊を見たとき、「佐藤さん今日は体大丈夫だったかな？」。そんな思いで新聞を繰るのです。

ほんと日本の男は自分の体と向き合わない！　新聞記者だけではないんだ！　がむしゃらに働くだけで、その加減が分からないほど一生懸命に生きて、あとは死んでもいいような生き方を佐藤さんの記事にあふれるほどみてしまいます。

決して高ぶらない男の生き方を、佐藤さん、明日も生きて、私に語ってください。

◉茨城県日立市、中学3年生、笠井尚子さん（14）

私が中学1年生の時、同級生が（たぶん）肝臓病で亡くなりました。その子は、小学生の時から入退院を繰り返していて、色が白くて授業も2時間目まであまり一緒にいられませんでした。ちょうど2年前、たった13歳で逝ってしまったのです。

その時初めて、命の重さを体全体で感じました。人の死は、こんなにもあっけないものかと、しばらくは信じられませんでした。その子は、「死」について、すごい恐怖感をもっていたそうです。佐藤さんは、「あまりショックを受けなかった」と書いていますが、読んだ私がかなりのショックでした。佐藤さんも心の奥底では、落ち込んでいたのではないでしょうか。

佐藤さん、病気と闘ってください。まだ若いのですから、いつまでもいい記事を書いていただきたいと思います。本当に本当に無理をしないでいてください。中学3年生に何がわかるか、とお思いになるかもしれません。でも、佐藤さんの生きようとがんばる姿に感動しました。そして、これからも感動すると思います。命を簡単に終わらせないようにがんばってください！

◉東京都内の主婦(54)

いま、多くのがん患者が、同じように闘っているでしょうが、私の夫のように家族だけで耐えて闘っている者もおります。夫は中小企業の社長です。時間が迫ったいま、社員のために痛みやつらさを耐えて、会社存続のために闘っています。このような経済状態の中、我々のような中小企業は、社長が倒れたらしいということで、今後の経営に大きな影響を与えます。最後の最後まで夫は死力を尽くして闘うでしょう。

佐藤氏のように公表して皆様から励ましを得る。単なる、お涙ちょうだいとしか見えません。佐藤氏だけが苦しんでいるわけではありません。自分の死を見つめながら、毎朝読んでいる夫をこれ以上苦しませたくはありません。世間には明るい笑顔を振りまき、じっと耐えている患者が存在していいます。命を削りながら闘う患者がいることも、知って頂けたらうれしいです。

◉秋田市、無職、松本陽子さん(17)

記事を読みすぐ感想を送りたくて、失礼だとは思いますがメールをしています。読んだ後泣いてしまい涙が止まりません。残りの人生をルポという形で人々に伝えることは素晴らしいことだと思います。そして、その記事を読み元気をもらいました。頑張って生きようと改めて思い、この気持ちを誰かに伝えたくて仕方ないです。頑張りましょう。共に生きていきましょう。残りわずかな時間でも。ありがとうございます。いい記事でした!

なんと幸せな記者だろう

◉放送タレント・永六輔さん

佐藤さんが僧侶になり、僕と御同業になった時に、「坊主になった以上、あとは、いい仏になりましょう」と笑ったものだった。松本の神宮寺でやっている学校ゴッコでは同僚として死ぬ話を笑いながらするのが常だった。

今「生きる者の記録」を読みながら「うらやましい」という心で一杯である。

新聞記者として自分の命をレポートし、その反響の中で、ペンを走らせることが出来るなんてうらやましい。

そのコラムが読ませるだけに、さらに、うらやましい。

そして、きっとそうなると思うが、多くの読者に看取られて、ペンを置くことになったら、口惜しいほどうらやましい。

読者に看取られるなんて……なんと、幸せな記者だろう。

健さん、いい仏になれますよ！


毎日、午後3時を回ると会社の同僚が僕の病室にやって来る。両手には社に届いた僕あての手紙やメールのコピーの束を抱えている。妻が整理してベッド脇の段ボール箱に入れる。中ぐらいの箱がもういっぱいになった。連載を始めてわずか19日、身が引き締まる思いだ。

治療や口述筆記の予定もなく、体調がいい時には右手の動かない僕のために妻や同僚がそれを読んでくれる。聞いていると、読者と会話をしているような気分になる。そこに刻まれた文章にはいつも心を洗われる。言葉に魂が込められているからに違いない。抱えきれないほどの「言葉の花束」を頂いたようでありがたい。

ご批判の手紙もいくつか頂いた。個々にお答えすることは出来ないが、拝聴すべきことは拝聴し、新たな糧としたい。本来ならば、そのひとつひとつに返信を書かねばならないところだ。だが、手も動かずご勘弁を願いたい。今後の記事をその返信と思って頂ければ幸いである。

12月24日 祈りの風景が浮かんでは消え…

12月24日、入院106日目。

昼食でおかゆに挑戦する。昆布や梅干しを添えて茶わんに8分、久しぶりに胃袋にものを入れた。「ほふく前進というところか」。久しぶりに軽口が口をつく。

「性欲はいらないが、食欲が欲しい」。思わず神頼みをしてしまう。

枕元のラジオは終日クリスマスソングを流している。そして梁《はり》の上には、クリスマスカードと阿弥陀像、ミャンマーの木彫りの托鉢僧が載っている。神道と仏教の国の「キリスト降誕前夜祭」。戦後、日本に広がった和洋折衷の風俗がここにもある。

ラジオの曲が賛美歌に変わった。その歌声にメキシコシティーのメトロポリタン・カテドラルで見た「祈り」の風景を思い出した。

あれは1973年、アメリカ留学中の小旅行でのことだった。

ステンドグラスから差し込む日の光を背負った祭壇の十字架に向かって、教会の入り口から続く通路をひざまずいた姿勢で進む百人ほどの人々がいた。その敬虔《けいけん》な姿に、チベットにそびえる聖地「カイラス山」（標高6656メートル）の山麓《さんろく》を、大地にひれ伏しながら回る巡礼者の姿を重ねたものだ。

インドの聖地ベナレスに立ち寄ったのは翌74年、アメリカから帰国する途中だった。

「一度、ベナレスを見ておいたほうがいい。あそこに行くと人間の生と死の原形のようなものに触れることが出来る」

長いつきあいになる作家の小田実氏に薦められての旅だった。

ガンジス河では全国各地から集まった人々が沐浴《もくよく》していた。死出の旅路を祝うヒンズー教徒たち。そこでは聖地で死ぬことが天国につながる道だった。川辺では死者が焼かれ、その灰が流れの中に投げ込まれた。あの時、僕はガンジス河に飛び込んで、仰向《あおむ》けになって灰と一緒に川を流れたものだ。

そして76年、新聞企画「宗教を現代に問う」の取材で雲水になった。以来、いくつもの「祈り」の風景に出会ってきた。

自然の猛威に対する畏《おそ》れ、人間の力を超えた能力をもつとされるシャーマンの祈祷《きとう》。ユダヤ教やキリスト教やイスラム教のように神の啓示の翻訳者たちへの礼拝。八百万《やおよろず》の神のように土着的かつ情念的な神々への願いもあった。

畏れ、祈り、祈祷、雨ごい、念じ、供養、願掛け、黙祷《もくとう》、請い、参拝、巡礼、礼拝、発願《ほつがん》、勤行、まじない、みそぎ、厄よけ、呪い、頼み、清め……。数え切れないほどの思いを知った。

そして、現代日本では祈りの風景がどんどん風化している。

――午後1時半。「ターミナルケア病棟」の多目的室でクリスマスパーティーが始まった。

月に一度の入院患者と医療スタッフの交歓会。幻覚を見続けていた10月のパーティーでは、チャップリンの物まねをしてダンスを踊ったらしいのだが記憶にない。

11月のパーティーは僕の還暦の誕生会も兼ねてくれた。頭に王冠を載せた写真も、記憶に残っている。

そして12月。僕は酸素吸入器と点滴を〝従えた〟まま、看護師さんらが扮《ふん》したトナカイやサンタの押す車椅子に乗って会場に向かう。

再会できた患者さんもいれば、亡くなられた人もいる。新しい顔もある。

壁にハートマークに「LOVE」の文字を見つけた。ベトナム戦争のころに見た「ラブ・アンド・ピース」の文字を思い出す。

少し座っていたら胸が苦しくなった。中座して部屋に戻って、ひと眠り。目を覚ますと日が落ちていた。

かくして、病める者には長く、少し寂しい夜がまた始まり、僕は心の安寧を求めて般若心経を唱える。

がんで始まり、がんで暮れ行くこの一年に感謝し、来る年の生が輝かんことを。「LOVE」

【病室にて】02年12月24日

10日ぶりに昼と夜に、おかゆを食べた。夕方、社のOBの先輩が自分で育てた濃紫色の洋ランを一輪、持参する。「今度はカトレアが咲いたら持ってくるよ」と先輩。柳田国男の全集や南方熊楠《みなかたくまぐす》の話をひとしきり。「これからヘロドトスをゆっくり読もうと思う」と話す。

12月26日未明、
佐藤記者の容体が急変した。
以降、萩尾信也記者が執筆を引き継いだ。

クリスマスカードに阿弥陀像……。
和洋折衷の国のクリスマス

「おれは最期はにぎやかなのがいいな」12月27日

12月27日、快晴。健さんは昏睡《こんすい》状態にある。

呼吸困難に陥る中で、自ら注射で眠る道を選択した。痛みから解放された穏やかな顔で、映画「男はつらいよ」の主題歌をCDで聞きながら眠っている。健さんは1999年秋から半年余り、毎日新聞で「わたしの生き方　星野哲郎　演歌・艶歌・援歌」を連載した。以来親交を深めた作詞家・星野哲郎氏から届いた、作詞生活40周年の記念アルバムの1曲だった。

煩悩の数を数えていたわけではあるまいに入院108日目の26日、健さんの容体が急変した。午前4時すぎ、呼吸困難となり、明け方には面会謝絶になった。

健さんは容体が悪化していることを自覚していた。

「人生を振り返ると実にいい人々に出会うことが出来た。いまさら遺言などないが、感謝の気持ちにつきるような気がする」

12月13日、見舞いに来た埼玉県立熊谷高校の同級生4人に語った言葉だ。

容体が急変する前日の25日には友人や家族を前にこう言った。

「そろそろ阿弥陀が迎えに来たようだな」

返事に窮する彼らの姿を前に、酸素吸入器をつけたままこんな言葉をつないで笑わせた。

「幻覚の時は般若心経が救ってくれたが、呼吸が苦しい時には長すぎて使えない。こんなときはやはり短い『南無阿弥陀仏』がいいな」

――26日。病室に駆け込んだ私(萩尾)の顔を見据えながら健さんは、肩で息をしながら人工呼吸器を右手でずらして言った。

「おれは、どうなるのか、医者に、聞いて来て欲しい」

別室で奥さんと私が、医師から健さんが危篤状態であることを告げられたのはその日の正午すぎだった。並べておかれた3枚のレントゲン写真は肺炎が急激に進行していることを物語っていた。担当医は最期が近いことを告げ、延命治療をしないことを確認した。かねて、健さんが希望していたことだった。そして、医師は苦しみを薬で取って眠りに入る方法があると説明したうえでこう付け加えた。

「意識があるうちにお話があればなさってください」

部屋に戻り、奥さんが健さんに医師の言葉を伝えると、健さんが下あごで息を繰り返しながら、間を置かずに言った。

「苦しい、早く楽にして」

しばらくして、健さんは奥さんと息子さんの顔を見ながら、シーツの上で手を伸ばし、奥さんが握り返した。

「あ、り、が、と、う」

「もう分かってるから」

そんな夫婦のやり取りだった。

「おもしろ、かったよ」

「おう、よかったよ」

これは親友である社会部OBとの会話。

「お前一人に、なっちゃう、なあ」

「大丈夫だから」

両親と長兄に先立たれて、健さん亡きあとはひとり取り残されることになる妹さんとはこんな言葉を交わした。

最後に私を見て言った。

「後を、頼むな」

午後2時36分。点滴に薬が入れられた。

呼吸が次第に緩やかになり、健さんのまぶたが閉じていった。

「健さ〜ん」

「は〜い」

看護師さんの言葉にこう応じて、みんなが見つめる中で、静かに眠りに入っていった。

「あっ、笑ってる」

「きっと、病院を抜け出して、どこかに遊びにいったんだよ」

部屋の空気が変わった。健さんが、集まった人たちの痛みまで和らげてくれた。

その夜、私は奥さんと病室で付き添って夜を明かした。

日付が替わり、病室の窓から昇る朝日を見ながら、私は健さんが語ってくれた物語を思い出していた。あれは健さんが肩の痛みに苦しんでいた10月中ごろのことだった。

1989年4月17日。自宅の電話が鳴った時、健さんの自宅の時計は午後10時前を指していた。「家庭内ホームレス」といわれるほど、毎日飲み歩いていた健さんはその日、めずらしく早く帰宅して上着を脱いだ直後の電話だった。受話器の向こうから社会部デスクの上ずった声が飛び込んできた。

「吉野さんが暴走族に襲われた。鎌倉の病院に運び込まれた」

吉野正弘(当時56歳)。健さんが「兄貴」とも慕う毎日新聞の論説室顧問。菊池寛賞を受賞した「宗教を現代に問う」の取材班キャップであり、夕刊コラム「近事片々」で日本記者クラブ賞を受賞した名文家として知られていた。

吉野さんは週に一度の休日に自宅近くの居酒屋でおいと焼酎を飲んだ後、駅前にエンジンをかけっぱなしでたむろしていた暴走族に注意をしようとして襲われた。

健さんが神奈川県藤沢市内の病院の集中治療室に駆け込むと、吉野さんはベッドの上に横たわっていた。

瀕死《ひんし》の状態にある先輩の手をとって、健さんは声をかけた。

「吉野さん」

それに応えるようにモニター画面の血圧を示す目盛りが上昇し、しばらくして下降に転じた。

「吉野さん」

再び声をかけると、また目盛りが上がった……。

そんなことが幾度、続いただろうか。目盛りが動かなくなった時、日付は18日に変わっていた。


健さんはこんな吉野さんとの別れのエピソードを語った後で、私の目を見据えながら、「今回のこの企画の心構えを言っておきたい」と前置きして、こう言った。

「最後までやろうよ。いつか僕が言葉をなくす時がくる。そしたら、君が書く番だ。最期まで目をそらすな」


そして27日。

面会謝絶にもかかわらず、健さんの病室や隣接する待合室は、夜になっても「身内の者」を自称する健さんの仲間たちでにぎわった。

「健はいつも言ってました。『おれは最期までにぎやかなのがいいな』って」

奥さんがポツリと言った。

12月28日 佐藤記者逝く

28日、晴れ。入院110日目が巡り来た――。

午前10時半

昏睡状態になった後も「ドク、ドク」と小気味よい音をたてて、内臓の中で唯一元気に動いていた健さんの心臓が音を変えた。

「トク、トク、トク、トク……」

看護師さんに借りた聴診器から、木魚のような音がかすかに聞こえる。

隣では健さんを「師」と慕い、毎日のように病室に顔を出していた東大医学部4年生(22)が脈を測る。3年前、神田のそばやで居合わせて以来、健さんが「看取《みと》り役」を命じていた。

「手や足では脈がほとんど取れません」

午前11時前

足の指先につけて血圧や血中の酸素濃度を測る計器が測定不能となる。急激に足が冷たくなる。

2歳になる孫娘がお母さんと一緒に、お気に入りの黄色い長靴を履いてやって来た。キョトンとした顔、無垢《むく》な視線。健さんの一人息子の奥さんであるお母さんのおなかには新しい命が宿る。

3月上旬が出産予定。昏睡状態に入る数日前、健さんは「男の子」と知らされ、喜んでいたものだ。

午後1時

病室や食堂、休憩室に集まった親族や仲間たち十数人で、差し入れのおにぎりをほおばる。

「忙しくなるから、食えるうちに食っとけ」

誰かが言った。差し入れのみかんを食べる者、菓子を口にする人……。

午後3時すぎ

「呼吸が小さくなってきました。そろそろかもしれません」

主治医が言った。看護師さんがつめを切り、奥さんが消毒液で健さんの口をきれいにぬぐう。

病棟のロビーでは親族や友人らが集まって葬儀の手配が始まる。

「健の希望通り、手作りでいくぞ」

健さんの飲み友達が言った。

聴診器をあてると息を吹き返したように脈打っている。そのたくましい心音を聞きながら、容体が悪化する前日の25日、健さんが社会部の忘年会に送ったメッセージを思い出す。私は健さんの名代として同僚たちにこんな言葉を伝えた。

「まあだだよ」

生死の際まで、サービス精神と洒落《しゃれ》っ気のある人だ。

午後5時

病室の窓の向こうで太陽が落ちた。

窓枠の上にある小瓶には、健さんが卒業した埼玉県立熊谷高校のグラウンドの土が入っている。中学校時代、健さんは走り幅跳びで全国3位の健脚だった。そして、枕元には友人から届いたばかりのチベット仏教の霊符(護符)が置かれた。

午後6時

正月用の松飾りと鏡餅が届く。

「なんか、ぜんぜん逝きそうな気がしないのよね。体は衰弱して回復の見込みもないことも分かっているし、覚悟は出来てるのに……、なんででしょうね。『あれっ、お正月になっちゃったね』って、なりそうな気がするの」

奥さんが言った。

午後7時

社会部の同僚が読者のメールのコピーを届ける。

〈掃除や子供の相手をしながら祈っています〉

〈落ちるのではなく、低空飛行でずっと飛び続けて下さい〉

〈☆になって、おいしいお酒飲んでもいいよー〉

〈あと3日でお正月だよ〉

〈1歳の息子は医療ミスで2週間死の淵《ふち》をさまよって元気に帰ってきたわよ。健さんも大丈夫〉

昏睡状態になる前日、友人の仏師に注文していた大威徳明王の仏像が届いた
写真:萩尾信也

午後7時54分

医師が診察する。脈拍数が下がり、瞳孔が広がっていく。息が小さく、小さく、そして間が長く長く……。

午後8時5分

大きく息をひきとって……。「11、12、13、14……20、21……30」

そこまで数えて、私は部屋にいた同僚の記者に向かって声を上げた。

「医者を呼んでくれ。息が止まった」

午後8時6分

担当医と看護師が部屋に飛び込んでくる。再び脈を取り、瞳孔をライトで照らすと、かすかな息がよみがえる。

午後8時12分

小さな小さな息をひとつ。それが最期だった。

午後8時16分

「ご臨終です……ご愁傷様でした」

医師が告げた。

奥さんが拍手した。そして息子さんが、みんなが拍手で送った。

この原稿を打つ私のパソコンの脇には、12月16日に健さんが奥さんに口述筆記してもらった言葉がこうつづってある。

❖生は光
死は闇
私達の生とは
闇と闇との空間を横切る
星なのかもしれない

午後8時26分

みんなで健さんを囲む。家族、仲間、医療スタッフ……。

息子さんが、健さんがいつも原稿を書く時に机の前「斜め45度」に置いて飲んでいたウイスキーのホワイトホースを健さんの口に含ませた。そして、グラスを手にした親族や同僚、医療スタッフを前に言った。

「よき父、よき男、よき友の健さんにまず一杯目の献杯を」

「献杯」

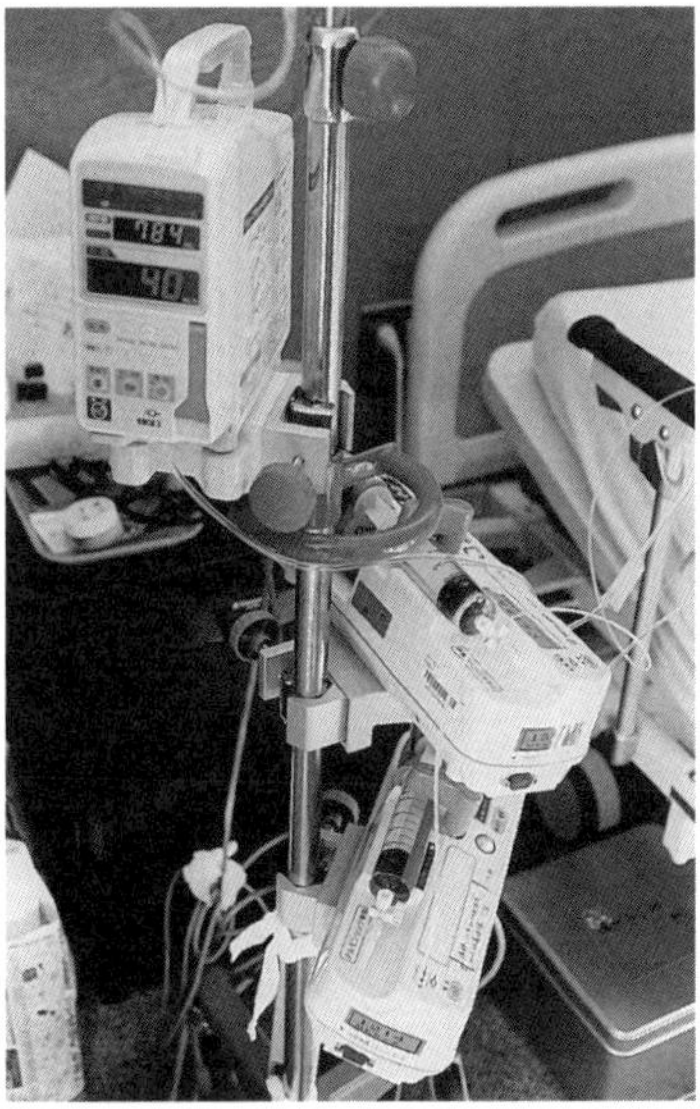

鎮痛剤と睡眠剤を
自動の点滴で入れて、
健さんは
眠りについた

❖注

健さんは最後に口述筆記した言葉で「死は闇」と記しました。浄土真宗は「死を光」と位置づけ、浄土思想を教えの土台と位置づけています。健さんはそれを承知のうえでこの言葉を残しました。「死」にうろたえ立ち尽くして見えるこの時代に、多くの人々に「生」を貫くことの尊さと輝きを伝えようとしたものです。

生きる力を、ありがとう

読者から佐藤健さんへ……③

兵庫県姫路市、主婦
中尾節子さん（43）

普段はテレビ欄しか見ない私が、連載開始とともに「こんな記事が書けるんだ」とくぎ付けになり、いつもドキドキしながら朝刊を開きました。それまで、がんは恐ろしい、死は考えたくもないと思っていましたが、人間はここまで死に向かい合えるのかと感動しました。「逝きそうな気がしない」と言った奥さんの気持ちが分かります。最期に息を引き取る様子を描いたシーンには吸い込まれそうでした。そして、家族が拍手で送る姿。心に残る記事でした。

大阪府堺市、無職
奥田君江さん（63）

「佐藤記者逝く」を読み、一日中涙が止まらなかった。肺がんで去年暮れに亡くなった主人の姿を重ねると、自身の病状を克明にルポすることがどんなにつらいか分かります。最期まで生きようとする思いを読者に伝えようとしたあなたの記者人生を一生忘れません。主人の死後、心の中に出来た空洞を、この連載でどれほど埋めてもらったか。天国ではゆっくりと温泉に入り、また、大好きなシルクロードを駆け巡って下さいね。

さいたま市、高校生
渡辺愛さん（16）

お疲れさま、健さん。そしてごめんなさい。私は今まで何か嫌なことがあると「もういっそ死んじゃって人生リセットしちゃいたいなぁ」なんて最低なことを思っていた人間でした。死というものの重みを知らなかったわけではないのに。でも「生きる者の記録」を読んで生というものに前向きになれたような気がします。健さんにたくさんのことを教えてもらいました。健さんのこと、絶対に忘れません。生きる力を、ありがとう。

福岡県大野城市、パート従業員
坂田久子さん（49）

女手一つで子供を育てていると、この不況時でもあり、もう荷を下ろしたいと思うことがないわけではありません。そうした時、この連載が目に留まりました。本当に「生きる者の記録」だなと思いました。私の中には、この1カ月で佐藤さんという方が住み着いたような気がします。本当に多くの「生きる力」を残していただきました。お疲れ様でした。

私は衛生看護科に通っています。病院実習では足りないものを連載で学ぶことができました。佐藤さんの最期が細かく書かれており、心に強く響きました。何よりも患者様の立場になって考えることができました。死についても考えるようになり、安楽死とは何か、人はなぜ死を迎えなければならないのか……など、出口のない迷路で迷い続けています。そして、生き抜く強さを教わりました。患者様に生きる強さを伝えられる看護師になりたいと思います。佐藤さん、人として大切な事を教えていただき、ありがとうございました。

秋田県大曲市、県立角館南高校2年
長堀茜さん(17)

私は高校の野球部のマネジャーをしています。昨年12月に、野球部の監督をしていた先生が亡くなりました。膵臓《すいぞう》がんだったそうです。

入院していたので、私もお見舞いに何度か行きました。でも、まさか残りわずかな命だなんて思ってもみませんでした。亡くなって初めて、監督が自分の中でどんなに大きい存在だったか気付きました。信じられない気持ちでいっぱいのまま、お葬式が終わりました。

そんな時、何気なく目にした新聞に「生きる者の記録」が出ているのを見つけました。読み入っていると、母が「そのシリーズ全部とってあるよ」と言って、他の回の記事を見せてくれました。

「おれ、最期はにぎやかなのがいいな」という部分が、一番印象に残っています。何だか、とても強い人だなぁと思いました。

言葉で言い表すのは難しいですが、私は生きる者の記録に強く心を打たれ、死について考えさせられました。佐藤さんのように自分の命とあんなにちゃんと向き合うのはとても勇気がいるし、誰にでも出来ることではないと思います。

新聞を通して、何人もの人に、人として最期まで精いっぱい生きる意味のようなことを教えてくれました。記事に出合って、誰にでも、いつかは死がやってくると思うようになりました。いつまでも悲しんでいたら、監督も悲しむだろうし、いまは出来るだけ笑顔で過ごせるようになりました。死は、怖いものではないし、みんな平等なんだと教えてくれた佐藤さんに、とても感謝しています。

福岡県苅田町、築上西高校2年
上原愛子さん(16)

迎えられなかった正月。
病室の隅に門松が飾られていた

4階の病室は光の海に浮かんでいるようだ

エピローグ

健さんが逝くタイミングを間違ったのか、それともこの世に未練があったのか。亡くなったのが年の瀬も押し迫った28日。年末年始の休みで火葬が間に合わず、通夜と葬儀は年明けまで持ち越された——。

〈02年12月29日〉

健さんの亡骸《なきがら》が眠る東大医学部付属病院の病室や病棟のロビーで、奥さんや息子さん、同僚たちとともに夜を明かした。健さんの思い出をかみ締めてまんじりとも出来ぬ者、はたまた疲れ果てて爆睡する者……。

あれは、病室の窓から見える冬空の青が目に染み入るような師走の昼下がりだった。

口述筆記を終えた健さんが穏やかなまなざしで言った。

「この仕事のお陰で、人生を2回分、生きたような気がするよ」

病床の健さんの傍らに寄り添って3カ月。病身にむち打って「生きる日々」を記録し続けるその姿に、「僕たちは健さんの寿命を縮めているのではないか」との思いが取材班の心の底にこびりついていた。

『阿弥陀が来た道』の連載でシルクロードに行かなければ、食道がんの早期発見が出来たのではないですか。『生きる者の記録』の連載がなければ、もっと養生して寿命を延ばすことが出来たのではないですか」

「かもしれないな。でも、これでいい。大事なのは生きた日々の濃度なんだ」

あの日もベッドの傍らには、読者から届いた便りが積まれていた。最終的には2700通を超えることになる「読者の声」は、企画を続ける我々の支柱だった。

「がんというのは実に面白いやつでね。宣告を受けた瞬間から生死の境が見えてくるんだ。不思議なもんだよ。死を意識した瞬間に生を意識する。もちろん死にたかないよ。でもな、視線を死ではなく、生に向けると一日一日が光を放って見えるんだ」

そして、しばしのジャーナリズム談義を交わしたあとで、健さんは付け加えた。

「やっぱり、僕は人間が丸ごと好きだから新聞記者を続けられたんだ。人間って実におもしろいだろう。人の数だけ物語があるんだよ」

そんな風景を浮かべながら、健さんのほおを触ると、ひんやりと冷たかった。亡骸とはよく言ったものだ。健さんはもう、ここにはいない。代わりに我々の心の中で生きている。

午前6時55分、病室の窓から差し込むまぶしいほどの朝日が健さんを包み込む。健さんの遺体が病室から霊安室に移された。入院111日目の〝退院〟だった。

「111」という数字に平成11(1999)年11月11日の風景がよみがえった。11月11日が誕生日の健さんはその日、仲間を集めて「生前葬」を執り行った。会費は1111円。実に洒落っ気が多い人だった。

〈12月31日〉

午後2時半、文京区の東大医学部付属病院を霊柩車《れいきゅうしゃ》で出た。担当医が最後まで見送ってくれた。霊柩車は千葉県我孫子市にある「酔庵」という健さんの庵《いおり》に運ばれる途中で千代田区にある毎日新聞東京本社に立ち寄った。午後3時、ビルの前で待っていた200人ほどの同僚たちを前に、奥さんがこう挨拶《あいさつ》した。

「健は生まれ変わっても毎日新聞の記者になりたいと言っていました。そして今日、卒業式を迎えることが出来ました」

全員が拍手で送った。

夜、酔庵には「年越し仮通夜」と称して同僚や社のOB、友人たちが数十人入れ代わり立ち代わり訪れて、夜中まで酒盛りが続いた。棺のそばには「大威徳自業自得明王」と書かれた位牌《いはい》が立てられた。健さん自身が「阿弥陀が来た道」の取材旅行の途中に仲間たちと名付けた。

〈03年1月3日〉

午後6時から、酔庵の近くにある浄土真宗真栄寺で通夜。棺おけの周りを100本以上の一升瓶が取り囲む。「花よりお酒」という生前の本人の希望で集められた。外は小雪が舞う、底冷えの夜だった。

遺影の傍らには、健さんが友人の仏師に頼んでつくってもらった大威徳明王の仏像が置かれた。

住職の馬場昭道氏がお経を唱えた後に法話を語った。

「健さんとはそれぞれの人がたくさんの思い出を持って、このお通夜の席に来ておられることと思います。私も語り尽くせないほど、30年、一緒に、いろんなことを教わってまいりました。健さんは、一回、一回、一期一会ということを心に持って人と出会っておられましたから、ここに来ておられるそれぞれの方が、私がいちばん健さんにかわいがられたと思っている人がたくさんおられると思います。そういう出会いの努力を積み重ねておられました」

続いて立った雑誌「酒」の元編集長の佐々木久子さんの手にはコップ酒が握られていた。

「そんなことというとあれなんですけど、健さんには『あんたは必ずがんになって死ぬ』といっていたんです。それはどうしてかといいますと、飲み方がなんにも食べないで飲むんですね。そういう飲み方をした人は、大体がんで死んでいます。きょうは、お通夜でまだここにご遺体があるみたいですから、耳が生きております。焼くまで耳というのは生きているそうですね。お通夜の晩に悪口言っちゃいけないそうです。私は健さんという素晴らしい友を得て、楽しいお酒を飲み続けてこれたことをとてもありがたく思っております。世の中は感謝感激でございますから、どうぞ皆さんも、今夜はしっかりとみんなで飲んで、盛大に。悪口はいけませんよ、耳が聞こえますからね、ほめてあげて感謝してあげていただきたい」

その言葉を聞きながら、病床で健さんが息子さんに伝授した「酒の飲み方五カ条」を思い出した。

(一)休肝日を必ず決める。
(一)飲み始めの時間を決める。昼間から飲める環境をつくらない。
(一)酒に使えるお金を制限する。
(一)飲む前に何でもいいから口にものを入れる。
(一)一人で飲むときは、あらかじめ杯数を決めて店に入る。そして、どうしてももっと飲みたい時にはそれより一杯だけ多く飲む。

いずれも健さんが守れなかったものだけに、妙に説得力がある。

健さんの友人である各宗派の僧侶がともに「般若心経」を読経。その後は別室で酒盛りが始まった。みんなの目に涙はなかった。思い起こせば02年12月初め、健さんから口述筆記を任されたとき、二人でこんな約束を交わした。

「オレたちは最後まで泣くのはやめようぜ」

十数人が寺に残り、朝まで飲み明かした。棺おけから健さんが抜け出して、脇で一杯やっているような気がした。


〈03年1月4日〉

抜けるような青空が広がる。通夜とあわせて1000人を超える参列者が駆けつけた。中には読者の姿もあった。棺おけの周りに並んだ一升瓶はすでに半分が空になっていた。

葬儀ではまず、毎日新聞の斎藤明社長が弔辞に立った。

神奈川県藤沢市の病院の一室で、君と僕は二人で吉野正弘記者を見送りました。夕刊1面で名コラム「近事片々」を書き続けた吉野さんは、君にとってジャーナリズムの恩師であり、私にとっても、一つ年上のかけがえのない先輩でした。自宅近くの海岸で、暴走族を諫《いさ》めようとして逆に暴行を受けた吉野さんが力尽きた時、健ちゃんと僕は、ただ呆然《ぼうぜん》と涙していました。今思い出しても、理不尽な死でした。そして今度は、僕より若い君が、先に逝ってしまいました。

君は、いずれは吉野さんから「近事片々」の執筆を引き継ぐことを望んでいました。でも意外なことに、師匠の吉野さんの回答は「ノー」でした。「流派が違う」と吉野さんはいいました。健ちゃんがひどく落ち込んでいたのをよく覚えています。しかし、いま思うと吉野さんの「流派が違う」は、さすがに的を射た名言でした。その文章の切れ味そのままに、56歳という年齢を顧みず暴走族に切り込んでいった吉野さん。それは、自分の老いに対する吉野さん流の身の処し方だったような気がします。

一方で、健ちゃん、君は死の世界を待ち受け、最後の最後まで「生きるということ」を見つめ、書き続けました。命の灯が消える、まさにその瞬間までジャーナリストとして生き抜きました。「流派が違う」という吉野さんの言葉には、健ちゃんに、自分を超えてほしいという願いが込められていたのだと私は思います。そして健ちゃん、君は自分流を確立し、貫いて、見事に師匠を超えたんです。「生きる者の記録」が始まってから寄せられたおびただしいほどの読者の皆さんの反響が、なによりもそれを物語っています。

健ちゃん、君は病床で、「生きる者の記録」でパートナーをつとめた47歳の萩尾信也記者について「いい記者になったな」といってくれたと聞いています。吉野さんから君へ、そして萩尾記者ら後輩たちへと、毎日新聞にはどんどん、君と違う流派で君を超えていく個性豊かなジャーナリストが育っていくことでしょう。

健ちゃん、ありがとう。


続いて建築家の石山修武《おさむ》・早稲田大教授が挨拶。健さんの「飲み友達」で02年春のシルクロードの旅にもメンバーとして参加した。


人間の形は、亡くなってはじめて明らかになるといわれます。あなたの死に際はそれをはっきりと思い起こさせてくれた。新聞紙上に連載されたあなたの死への記録こそは、あなたの最良の歴史になっております。記者に作品というのは禁句のようですが、現在も進行中のあの一連の記事は、まさに健さん、あなたの一生をかけた答えのようなものです。あの作品によって、佐藤健は佐藤健の一生の丸を回し切ったのです。しかもその丸は、私たちの気持ちのなかに、いまもゆっくりと回り続けているようであります。

残念ながら、いまはテレビとインターネットの時代です。新聞は少しずつ主役の座からおりはじめているようにも思います。しかし、新聞には新聞にしかできぬことがあります。テレビやインターネットには一切合切においというものがありません。新聞にはにおいがあるのです。えもいえぬにおい。新聞を開くたびに、ページとページの間からにおうにおい。それは新聞人のひしめきが醸し出す時代のにおいであり、記者たちの人間のぬくもりのにおいです。健さん、あなたは新聞がいちばん新聞らしい時代を生き抜きました。あなたは最後の最後までそのにおいをまき散らして、新聞紙上に生きて、そして亡くなりました。誠に見事というしかありません。

さぞや満足の一生だったと思います。あれだけ日本中の人を大騒ぎさせて、私たちを2年がかりのお別れにも巻き込んで、なにいうこともありますまい。終わりに「面白かった」と友人に言ってくれたと聞いています。友人一同、ともに僕らも面白かったよ、本当に。でも、こんなに悲しいとも思ってもみなかった。でもなあ健さん、今度ばかりは、あっちから呼んでも一緒には行かないからね。

かつての毎日新聞の同僚で親友の大住広人氏はこう言った。

佐藤健、おまえはすごい新聞記者だった。なんといっても、坊主を取材するために坊主になったおまえだ。大体、新聞記者というのは擬似体験にひたりたがるもので、3日総理大臣を取材して4日目には天下国家を論じ、1週間デカを回れば次の週には自分で泥棒を捕まえられると思い込むそういう人種だ。おまえも板前からラーメン屋、そしていっぱしの書道家を気取ったこともあるし、そうそうファッションモデルまでやってしまった。まったく、せわしい男だった。

だがそんななかで坊主になったのは、そういった並の擬似体験とは違ったと思う。いま世襲坊主や葬式坊主が数あるなかで、おまえは庭詰《にわづめ》や旦過詰《たんがづめ》を全部こなして、その上で本物の修行をちゃんとやって、それをこえて雲水になった。そして百巻の経を読み、どんな問答にもちゃーんと対応した。おまえの博覧強記ぶりには本当に舌を巻いた。きっと両親からたぐいまれな記憶装置をもらったんだろう。そういう男なんだと思った。だが、どうやらそれだけではなかったように思う。

もう一つ、別の才能があった。そういうことにある時気がついた。それは、おまえはほとんど取材対象の心臓を鷲《わし》づかみにするごとく、対象を丸ごと理解する、そういうほとんど動物的な勘を持っていたんじゃないか。そんな気がする。坊主の問答に十分答えられたのも、一言一経を経や知識で読んで覚えたんではなくて、仏教まるごと、ほとんど立体のまま呑《の》み込んだに違いない。釈迦になり切って、釈迦が感じるに違いないそういうところを健も感じ、釈迦が考えるであろうところを健も考えた。それをたまたま口にしたに過ぎなかった。ちょうど鳥が天上から地球を丸呑みするがごとく、対象を自分のものにした。それは最後の時に至るまでおまえの取材スタイルとなって、最後はおまえが主体を取材するために自ら主体になった。

しかし、佐藤健、おまえはそういう鳥の理解力と同時に虫の目も備えていた。それをいちばん発揮したのは、アフリカにいってゴリラと親しくなった時だろう。ゴリラと意気投合し、十分にゴリラと話し合えるまでにおまえはやさしい目をもってゴリラと対面した。この目はのちにイチローを見つめる目となった。野球選手・イチローを超えた人間・イチローを、ほとんど本当に鷲づかみにした、そういう取材を見せてもらった。

佐藤健、やがて俺たちも行く。向こうには先に逝った毎日新聞の吉野正弘たちがいる。よろしく言ってくれ。

幸せな新聞記者・佐藤健、欠陥だらけですきまだらけの佐藤健、さよなら。また会おう。

かつて健さんは大住氏ら毎日新聞の同僚とともに「お通夜同盟」をつくり、同僚や同僚の親族の通夜や葬式に乗り込んで、〝葬式ジャック〟を繰り返した。

「葬儀屋の葬式なんぞ、やってらんねえ。手作りで楽しく送り出してやろう」が合言葉だった。

出棺を前に、葬儀委員長を務める朝比奈豊編集局長がこう述べた。

寒いなかを、またお正月にもかかわらず、読者の皆様を含め、このように多くの方々がご参列下さり、誠にありがとうございました。佐藤健さんもきっと喜んでいると思います。

健さんと初めて会ったのは28年前、地方支局から学芸部に配属された時でした。職場の先輩の中でもひときわ元気な、頼りになる存在でした。あのころ、健さんは全国各地で働く女性たちを取材し、「陸奥のおんな」といったタイトルで家庭欄にルポを連載していました。これがめっぽう面白く、取材談義がまた楽しかった。一緒に酒を飲みながらよく「自分のバッティングスタイルを作り上げるんだよ」と教えてくれました。どんなテーマでも打ち返していく記者としての技を磨こう、文章を磨こうと話していた32歳の健さんの姿が今も目に浮かびます。「事前に企画テーマについて、本を背丈に届くぐらい読むんだ」という言葉も忘れられません。

間もなく「新聞記者が雲水になってみた」で大きな評価を受け、弔辞で紹介されたように優れた仕事を積み重ねました。本になった大型連載のほかにもキラリと光る記事がたくさんあります。社会部の遊軍記者のころには、「上高地えころじ〜」という軽い連載で、橋を渡る人々の履き物だけを観察して、風俗や気分をみごとに表現し、語り継がれています。

昨夏の初め、健さんが末期がんを宣告された記者自身によるルポの考えを持ち出した時、さまざまな問題点を真剣に検討しました。その時、健さんと話し合ったのは「新聞の可能性を広げよう」ということでした。健さんは限りある生命の日々を最後までユーモアの精神を失わず、生きることの意味を身をもって示し、記者人生で培ってきた自分の言葉で伝えました。それが読者に大きな感動を与え、反響を呼んだのだと思います。「生きる者の記録」は健さんが新聞記者として最後に見せてくれた見事な究極の「バッティングスタイル」でした。

昨年12月25日夜、病室で健さんは記者になったころの思い出話をしました。疲れるだろうから帰る、と言う私を引き留めてこう言いました。「僕を記者として育ててくれたのは毎日グラフ編集長の岡本博さんだった。今思うと、岡本さんが教えてくれたのは一つのことだったなあ。それは『ジャーナリズムの体温』ってこと。僕がずーっとやって来たのは、その体温をどう原稿にしていくかってことだった。結局それだよ」。翌日未明、健さんの容体は悪化し、それが私には最後の言葉になってしまいました。私は、「ジャーナリズムの体温」を大事にしていこう、という健さんの言葉は毎日新聞で働くすべての仲間への遺言だったのだと思っています。私たちはこの言葉をかみ締めながらこれからも新聞を作っていきます。このことを報告して、葬儀委員長の挨拶とさせていただきます。

最後に喪主の奥さんが挨拶に立った。


本日はお寒いなか、遠いところを大勢の方々にお運びいただき、ありがとうございました。最後まで皆様方の御力により、記者として終わることができ、本当に幸せでした。

主人は若い頃から、たくさんのたくさんの方々にかわいがっていただきまして、今の自分があると申しておりました。そして、それについては本当にありがたいことだといつも申しておりました。

主人は普段、帰宅拒否児童で出勤拒否児童、家では家庭内ホームレスと自認しておりました。家に帰るとずっと布団の中で過ごしていて、布団にもぐり込んで梅干しをしゃぶったり、もそもそ本を読んだり、ウイスキーをなめながら塩昆布を食べたりしておりました。それで布団を上げると、梅干しの種や塩昆布が出て来たりしました。でも、本当に本当に新聞記者が好きで、生まれ変わっても、絶対新聞記者になると申しておりました。

ほとんど家にいないような人でしたが、主人の仕事をはたから見ていて楽しかったし、入院してからのこの3カ月は、35年間の結婚生活で初めてずっと一緒に過ごせた日々で、私にとっては贈り物のような時間でした。入院生活もとても楽しく終わることができました。ありがとうございました。

出棺。米大リーグ・シアトルマリナーズのイチロー選手について健さんが行った講演の録音テープが流れる中、参列者が拍手で棺を見送った。余った日本酒は参列者がすべて持ち帰った。涙よりも、すがすがしい表情にあふれたお別れだった。

夕刻、健さんは真栄寺から車で30分ほどのところにある斎場で荼毘《だび》に付された。現代的でこぎれいな建物だが無機質で乾いた感じがした。

骨になるのを待ちながらまた酒盛り。健さんの思い出話に花が咲いた。

1時間半後に火葬が終わり、参列した親族や同僚、後輩たち約40人が順番に遺骨をつぼに入れた。小指の爪ほどの白い小さなかけらをつまむと、ボロボロと砕け落ちた。そのはかなさを指先で感じながら、私は健さんの言葉を思い出した。

「人間みんなちょぼちょぼや。最後は土に還《かえ》るだけだよ」

「死んだらベナレスで、ガンジス河に流して欲しい。魚のえさになりたいんだ」

健さんの死生観の出発点となったインドのベナレスに行こう。健さんの遺灰をひとつまみ、ガンジス河に流そう。

その時、決めた。

念
出羽桜
久保田
御銘酒
久保田
手取川
大吟醸
純米大吟醸

出棺。
参列者はそれぞれの思いを胸に、
健さんに別れを告げた

「生まれ変わっても新聞記者でありたい」。
毎日新聞本社前、
奥さんは健さんの言葉を伝えた

「花よりお酒」
という健さんの遺言で、
棺の周りに
100本の酒ビンが並んだ

闘病メモ

佐藤健記者は闘病中、がんの病状や近況を親友の大住広人氏に電話で話していました。大住氏の記録と妻の道子さんの話をもとに、晩年の1年半余りを日誌風に再現します。（敬称略）

2001年

5月11日　**いま長崎から電話している。**

平和台病院（千葉県我孫子市）に8日間入ってた。CTとった。肝臓に影ができてた。酒切るにはあの病院がいい。「阿弥陀が来た道」はやる。

6月16日　**京都で西本願寺の宗会《しゅうかい》議長に会った。**

俺《おれ》の「阿弥陀が来た道」の企画を素晴らしいと言ってくれた。大谷探検隊の資料、写真が龍谷大の資料室に眠っている。活用したい。10月にはは小さな遠征隊を組織してシルクロードに行き、そのルポと大谷探検隊の100年を組み合わせて02年の元旦紙面に入れる。

8月21日　**東大で肝臓の専門医に診てもらった。**

100％肝臓がんだ。10円玉、小指の先くらいの大きさだそうだ。なかなかの医者だ。肝臓は再生する。だが飲む気なら手術もしないと言われた。死にたいなら今のままやれ、医者に手間暇かけさせるなと言ってた。

9月2日　**12日に検査入院して血管造影をとる。**

肝臓の周りの血管の状態を調べる。今は毎日家にいる。もっぱら本読んでるが、いまいち、もんもん。酒はやめてコーラで口をゆすいでる。

9月11日　**台風を押して入院した。**

朝入って飯は食わずだ。12日の検査は午前9時から始め、1時間くらいだそうだ。（16日退院）

10月某日　**東大病院に行ってきた。**

がん細胞は完璧《かんぺき》死んでる。動脈に近い部位だと大変だが、離れてるから大丈夫だそうだ。

シルクロード行きのお墨付きももらった。診断書を会社に出した。診断の説明はかみさんと一緒に聞いた。シルクロードに行く前にもう一度来いと言われた。帰ってきたらまた来いと。

肝臓は長年の飲みすぎで弱っている、そこは気をつけろと。この際、しばらく精進するさ。

11月7日　10日の土曜午後2時の飛行機で行く。

一緒に行く社会部の若いのにも少し書かす。33歳、労働担当だそうだ。まあパミールなんかも回って、自分のテーマで自分のもの書けって言ってある。

12月1日　昨日帰ってきた。

快調、1回戦は成功だ。来年、もう一度、西安に行く。やはり俺は野生が合っている。向こうでの方が体調よかった。

12月27日　渋谷の保育室へ孫娘を迎えに行った。

この日のためにおぶいひもを用意した。若者でにぎわう雑踏を、1歳の赤ん坊をおぶって歩いてみたかった。念願がかなった。

2002年

2月16日　声変わりしちゃった。

ウィーン少年合唱団になっちゃった。医者もどうしてだか分からんと言う。痛くも苦しくもない。調子狂っちゃう。声の他は心身、体力、仕事とも順調だ。4月に西安方面に行ってくる。定年後も専門編集委員をやらないかと言われたが、会社は11月できっぱり辞める。社にいて出来たこともたくさんあるが、出来なかったこともあり、それをこれからやる。

3月23日　目黒川の桜を見に行った。

小雨の中、ひとりで。今年が見納めになるかもしれない。

5月9日　あと6本書けば「阿弥陀」は26回分終わる。

内視鏡を入れて調べたら食道にがんが見つかった。肝臓とは別の原発性だ。のどが詰まった感じ。声の出ない原因を探っていったら見つかった。結構大きい。年に2回検査しても見つからないことがあるそうだ。

リンパにも行っているかもしれない。そうなると全身に行ってもおかしくない。肝臓はおとなしい。が、リンパはやばい。

食道の手術はできない。肝臓の機能が十分でないので手術に耐えられない。医者がわれわれも頑張るから健さんも頑張れと言ってくれた。米の飯は通らないのでパンと豆腐にしている。当面、放射線で治療する。これだけ大きいと、食道は治せても、リンパに行くといつどうなってもおかしくない。実をいうと、西安の空港の食堂で肉ラーメン食べててのどに詰まった。自力で吐き出したが往生した。

5月13日　**まあ、あと1年だな。**

東大の先生、「普通は」という言い方でそう言った。食道がんは今日から放射線を1週5日で6週間やる。手術駄目、抗がん剤駄目だから放射線しかない。副作用があるかもしれんが、まず放射線をやる。

葬儀は形式張ったのはやらん。真栄寺(千葉県我孫子市)で仲間うち、ま、300人は来ないだろう。ただ、うまい寿司と冷たいビールは外せないんで頼む。

「阿弥陀」の原稿は9月1日分まで書いた。あと4本だ。いますごく頭さえてる。一番いい。

5月19日　**明日から放射線の2週目に入る。**

目下副作用もない。「阿弥陀」の26本、今日一通り書き上げた。午後の2時までに最後の2本書いた。10枚、やったあ、だ。自分で自分をほめた。気持ちは十分だが、体がやっぱりしんどい。このあと1000枚は無理かもしれない。

「阿弥陀」は26回分で126枚ある。「阿弥陀とは」の補稿を30枚つけ、それで本にする。

いまは会社にも、シルクロード行きを支援してくれた仏教伝道協会にも、西本願寺にも義理を果たした、という思いだ。これで酒飲めたら万歳だ。夕飯もちゃんと食った。よくやったと、自分でほめている。闘争心は失われていない。

5月24日　**俺の体は比較的放射線に合うようだ。**

副作用が出ない。毎日やってもらっている。

6月3日　**午前中に社に行って**

滝(写真部員)と仕事して、谷中の寺に行って、お茶飲んで菓子食って、3時に東大に行った。

すべてやることはやった。もう無理はせん。佐藤健らしい原稿に仕上げた。日日是好日だ。11月11日、60歳が来て、来年夏ごろにはおさらばだ。そう落ち込んではいない。すごい〝戒名〟(大威徳自業自得明王)ができた。位牌を眺めて楽しんでる。

6月10日　医者に会った。

食道がんはほぼ抑えた。転移の可能性のある骨髄やなんかに、駄目押しの放射線を1週間やる。それが終わったら肝臓の再検査をしてみるが、放射線によるダメージは肝臓には行ってないと思う。肝臓は肝臓、食道は食道で両方の治療をそれぞれにして、再々発を防ぐ、出たらたたく。そういう丁寧な説明があった。医者もあんたはすごいと言っている。毎日通院してきて体力が落ちてない。

先にあと1年と言った。医学の発達はめざましく個々のケースで違いがあって不思議はない。「われわれも頑張るから佐藤さんも頑張ってくれ」と医者に言われた。

6月19日　7月に入ってから肝臓のCTをとる。

そうしたら秋田の玉川にあるラジウム温泉にいく。放射線との相性がよさそうだから行ってみる。飯もうまい。自由に食ってもつかえない。納豆、卵焼き、うまい。

7月12日　朝比奈の編集局長就任の会に行ってきた。

長距離歩くとだるい。清水(社会部の後輩)がなんとか委員をやってくれとまた言ってきた。1年契約での更新だ。ちょっとしんどいが、朝比奈にも、清水にも面倒かけてるし、考えさせてくれと言っといた。

8月12日　東大に行ってきた。

食道のCT、見た。完璧に治っている。肝臓は安全圏に入った。問題はリンパだが、普通に生活して仕事も普通にしてくれと言われた。一度おだぶつ覚悟したんだから、もう何が起こったって平気だ。

イチローがスパイク送ってきた。「ぼく頑張るから健さんも頑張って」ということだ。イチローの足と俺の足、文数も扁平足なとこも同じでぴったりなんだ。俺は陸上部。2人とも走れば速い。そう言って2人で笑った。それを覚えていたんだろう。「健さん走れ」ってことだろうな。いい話だ。

玉川温泉に行ってくる。

9月2日 玉川温泉に行ってきた。

声がかすれてるが、温泉の硫化水素にやられたせいだ。「賽《さい》の河原通信」(「生きる者の記録」の原案)ってことで、原稿を書くことになった。死と生のはざまの風景だ。同時進行ドキュメント方式で、がん患者である佐藤健ががんや難病のしのぎの現場をルポする。10月の第1週から5、6本やって、また調子いいときに5、6本って具合に、間をおいて断続的に連載する。それで専門編集委員というのを受けることにした。暗くない記事、明るい闘病現場をものにできればいいな。

ただ右手が肩のあたりから痛くってかなわん。しびれて痛くて、それも今診てもらってるが、とにかく痛いんで弱ってる。原因はわからん。

9月5日 温泉から帰ってきて顔にぶつぶつができた。

湯あたりか。それに肩は2週間前あたりから、痛み出した。帰ってきて東大で診てもらって、今モルヒネを飲んでいる。病室が空き次第入院する。リンパに飛ぶと面倒だ。

昨日、「賽の河原」、やることに正式に決まった。

9月8日 12日までにコンテ仕上げて、

同時に原稿も4本仕上げる予定だ。そうしておけばあと急にどうなろうと、当面しのげる。

10日の火曜日に東大病院に入院する。12日にモルヒネの調節して、1カ月の予定だ。

のべ50回くらいやればな。思うほど手が動かんのでいらだつが、ゆっくり書くことにする。1回11字詰め210行くらいだ。まだ書き続けられるんだから冥利《みょうり》につきる。電話をくれ。

俺に「頑張れ」って言ってくれ。

9月12日

《妻・道子さんの話》

夕方5時ごろ熱が出た。39度あった。血圧も上がり、脈も速くなった。すぐ処置してもらった。注射、酸素吸入、点滴、尿抜き……。

9月13日

《妻・道子さんの話》

未明の3時ごろ突然目を覚まし錯乱した。管を引きちぎってベッドを下り、机をひっくり返して廊下に飛び出し駆け付けた医師に殴りかかった。とっさの看護師の見立てではアル中の禁断症状に見えたらしい。隠れて酒を飲み、それが切れたんだ、と。そういうことは前例があるとのことだ。あとで本人に聞くと、夜中に目が覚めたら真っ暗で、てっきりオウムか何かに拉致されたと思ったという。

9月21日

医者と話し合った。

肩のリンパが痛む。痛みを抑えるだけならモルヒネの量を増やせばいいのだが、ほかの薬もある。薬は肝臓に負担かける。そのリスクは大きい。肝臓やられたら元も子もない。入院は1カ月の予定で、肝臓第一にいく。

ここ(東大病院14階)からは下町が一望だ。上野の森の上にいる。浅草からアサヒビールも見える。広い部屋だ。ここは、ここからもう一度社会復帰をというんじゃなく、できるだけ楽に、を旨としてというところだ。いわゆるホスピスってやつだな。

10月7日

大黒さんみたいな人が夢に出てきて

「あんたあと60日」と言った。「あたしは当たる、必ず当たる」と言って消えた。いやな感じだ。食欲はある。このところ千客万来だ。中学・高校の同期がきた。いいもんだ。ここが終《つい》のすみかになるんかな。太りもやせもしない。死はちっとも怖くないが、俺のように世をすねて生きてきたやつでも時折、人恋しくなる。

10月17日

《妻・道子さんの話》

夜9時ごろ寝たと思ったらむくっと起き上がり、ちょうど電気のスイッチが入った感じで、周りの物を手当たり次第に放り投げ、椅子まで持ち上げた。目が据わり、ひとしきり暴れた。
夜間せん妄だという。これまでも夜、ちょくちょくあったのは思い当たる。部屋の中をうろうろ動き回り、引き出しから物をぜんぶ出して、またぜんぶ入れて、机の下に入り込んでうずくまったりした。

10月23日 食事、ぜんぶ食った。

昨夜は11時間寝た。よく寝れる。睡眠、食事、安定している。ターミナルケア棟として万全のスタッフ、患者本位だ。無理してがんと闘わせることはしない。
結局、外の取材はできんから自分の死のドキュメントになる。ま、俺もこれでいいかなと思ってる。俺の得意中の得意だから。むろん原稿は俺が書く。

11月9日 やっぱり冬の秋田に行くのは無理だとわかった。

まあ、最初は自分で書いて、あとはアンカーやるさ。寂しいけどな。無理なものは無理だ。
今日これから銀座に行く。息子夫婦と向こうの両親と会食する。

11月30日 外出許可をもらって岡本博さんの葬儀に出た。

家に寄って黒服に着替えた。ズボンがずり下がってしまう。随分細くなったものだ。岡本さんは記者に育ててくれた恩人。葬儀に出られて、少しほっとした。

12月2日 食欲が落ちた。

朝食えず、11時になってやっと食った。
連載は今日から組み込む。刷りが届いた。「最後のリポート」と見出しがついていた。いくらなんでもストレート過ぎるので変えさせた。もう7回分できてる。
タバコを吸いたい。部屋を出て、続けて3本吸った。

新聞記者が雲水になってみた

入門

✜宗教を現代に問うとは、自らもまた問われていることだ。可能なかぎりの角度から試行錯誤的に接近を繰り返してみるほかない。「宗教」取材班の佐藤健記者は、こちら側から「問う」ているのがもどかしくて、「問われ」ているあちら側に飛び込んでしまった。
✜これは、その脱出と帰還の記録である。

●——不安感で震えた——得度

「ほんとうに切り落としていいんですね。やめるなら今のうちですよ」と金丸宗哲和尚が念をおした。一瞬「いままでのはすべて冗談」と逃げてしまおうと思ったが、ここまで来たらあとにはひけない。「おねがいします」と頭をさげた。が、しかし、自分の長い髪の毛がバサッ、バサッと音をたてて切り落とされるのは決して気持ちがいいものではない。髪の毛なんぞは一年もすれば、またもとの長髪にもどるのだから何でもないはずなのに奇妙な不安感におそわれて、おもわず体の芯《しん》のほうから震えがくる。止めようとしても止まらない。たぶんこれから入ろうとする未知の世界に対する根源的不安といったものなのだろう。そばで松原哲明さんが般若心経をあげている。山梨県・上野原の青苔寺の一室である。

新聞記者が、なぜ自分の髪の毛をそることになってしまったのか、理由は簡単だ。禅の世界に猛烈に興味を感じたから。しかしそれだけでは理由になるまい。雲水(修行僧)になって、あじろ笠に墨染の衣、脚絆に草鞋《わらじ》ばきで歩いてみたいという好奇心もあった。雲水の生活も知りたかった。同時に、雲水になることによって、雲水の側から現代の人々の宗教心をルポルタージュしてみたいという野心があった。つまり雲水になってあちこち歩いてみたら、背広姿のままで決して見ることのできない宗教の世界を体験できるのではないか。宗教を現代に問う前に、自らがまず問われてみたかった、とでもいおうか。

その〝野心〟に、臨済宗の二人の若い僧が乗ってくれた。山梨県・上野原の青苔寺住職・金丸宗哲さんと、東京・三田の龍源寺副住職・松原哲明さんである。ともに現代における禅の新しいありかたを模索し、実践している人だ。

「ただし」という条件がついた。ただ雲水のかっこうをするのではなく、その期間は新聞記者であることを一切忘れ、修行僧になるためのすべてのことをやれというのである。禅宗の入門がいかにきびしいかは前から本などで知っていた。庭詰《にわづめ》と旦過詰《たんがづめ》という地獄のような試験がある。「おもしろい。やってみようじゃないですか。いくらきびしくても、それで死んだ人はいないでしょ」

あとでひどい目にあうのだがそれは後の話。とにかく二人の僧の立会いのもとに正式に得度することになった。

得度式にはむずかしい作法がある。まず前の晩に頭髪をそり、いちばんてっぺんに少しだけ長いまま残しておく。これを周羅《しゅら》の一結といって、得度式の当日、本師がそり落とす。式はきわめて厳粛なものなのだ。式を行う本師、得度を受ける人を案内する引請師、得度を受ける沙弥、立会いの人などが定められた作法で動く。そして本師は重々しい口調で戒文を読むのである。

「それ出家の儀相は、自然と道に契合す。鬚髪《しゅはつ》を断ずるは愛根を断ずるなり、愛根をわずかに断ずれば、則ち法楽自在ならん」。あとから得度式作法を読めばなるほどこういうことかと思うのだが、やっているときは何のことをいっているのかさっぱりわからない。やたらと三拝をさせられるのだ。例えば「帝都」「氏神」「父母」と書かれた紙に向かってそれぞれ一拝ずつ計三回、頭を床につけて深々と拝む。父母と氏神はわかるが帝都というタクシー会社のようなものは何だろうと、あとでたずねたら天皇陛下のことだと教えられた。なんにもわからずに拝んでしまったわけだ。そして本師はカミソリをとっていう。

「最後の一結、これを周羅という。唯、師一人乃ち能く之を断ず。我れ今、汝が為に除きさらん。汝許すやいなや?」

「許す」といって三回低頭し、その一束の髪を落としてもらってはじめて袈裟をつけられる。そして式はだんだんドラマチックになっていく。まるで学芸会をやってるようだ、と不遜《ふそん》な連想も浮かぶ。それにしても、お坊さんというのは戒律をたくさんもっているものだ。三帰十戒、十重禁戒と、式の後半は戒律を守ることを誓いつづけるのである。殺生をしてはいけない、盗んではいけない、というあたりは守れるとしても、性的なことをしてはいけない、酒を飲んではいけないというあたりにくるとまったく自信がない。ましてや歌舞や歌を聞いたり見たりしてはいけないという「不歌舞作倡故往観聴戒」とか、食事のとき以外の時間にものを食べてはいけない「不非時食戒」となると絶望的だ。

得度をするのはいいけれど、こんなすごい十戒を気軽に「よくたもたん」などと誓ってしまっていいのだろうか。しかも、「上来十重の禁戒、一々犯すことを得ざれ、汝能くたもたんや否や」と念までおされるのだ。まじめに考えれば、とてもじゃないが守れないと打ち明けると、金丸和尚は「ひとつの心がまえだと考えてください」と厳粛にいってくれたので安心した。宗教にだってタテマエとホンネがあるのであろう。もっとも、これから入ろうとする僧堂ではふだんの酒は禁。日に六十本吸っていたタバコも禁止だという。そのほうがもっとつらい。

「法は大海の如し、漸く入れば漸く深し。汝能く今身より仏身に至るまでいちいち能くたもたんや否や」「能くたもたん」

その間約一時間。守れもしない戒律を誓ったり、これほど形式的で実質のない儀式はないと思いたくなるのだが、不思議なことに、だんだん厳粛な気分になり、終わったあとは、すがすがしくさえある。ともあれ、この日から大仙禅士と呼ばれることとなったのである。

●——二日間じっと低頭——庭詰

最初の十分間で後悔した。なんでこんなバカバカしいことをはじめてしまったのか。息が苦しくて死にそうなのである。こんな姿勢のまま、二日間耐えろといっても、とても無理だ。今やめよう、今やめようと思っているうちに、人間の肉体というのは不思議なもので、少しずつ動きながらなんとか安定した姿勢をつくる。しかし、だれが考えたのか、庭詰というのは残酷な入学試験だ。

この朝八時すぎ、青苔禅道場の山門に、旅装束をして立った。なんだか田舎芝居をしてるみたいでテレくさい。おもむろに玄関に入り、式台のところに浅く腰をかけて低頭し「たのみましょう！」と声をかけろと教えられた。「たのみましょう！」。まったく学芸会だ。そのとたん「声が小さい」とどなられた。もう一度大声で「たのみましょう」。すると奥のほうから「どーれ」、そしてでてきた雲水が聞くのだ。「どなたさまで」

「私、東京都港区三田、龍源寺徒弟、佐藤大仙と申します。当道場に掛塔《かとう》いたしたくよろしくおとりつぎください」。台詞《せりふ》もだいたい決まっている。願書、履歴書、誓約書、戸籍抄本を入れた封筒をさしだす。

でてきた雲水は「しばらくお待ちを」と奥へひっこみ、五分くらいのち、こんどは知客《しか》とよばれる僧堂の雲水総取締役が出てきて「当道場はただいま満員のうえ、貴公のようないいかげんな人が修行する場所ではありません。関東にはまだ僧堂はたくさんありますのでそちらにおまわりください」と形式的なことをいう。そこで「ああ、そうですか」と帰って来てしまったら、どこの僧堂にも入れない。ひたすらそこにすわり込むのである。

さあ、それからが大変だ。とにかく二日間じっと耐えて〝願心〟が強いところを見せなければならないのである。夕方までの時間は長く、体はきつい、だいいち姿勢が不自然なのだ。横ずわりして低頭するので体がねじれ、しかも帯が胸を圧迫する。窒息しそうなのだ。なんとかそれになれてくると、こんどは腰が痛みだし、足がしびれてくる。額をのせた手の甲の感覚もうすれてくるし、低頭した頭がボーッとしてくる。それでもまだ一時間とたっていない。そのうちだんだんバカバカしくなってくる。大のオトナが、こんなバカげた儀式をおおまじめにやっていることが滑稽になり、それをなんで自分がやらなければいけないのか。だれがこんなバカバカしい形式を考えたのか。バカバカしいだけでなく、体は確実に苦しいのである。

禅僧志願者のうち、約半数は、この庭詰が苦しくて逃げだすと聞いた。お寺の跡継ぎがあまり逃げ帰るので、この形式を変えようという議論もあると聞いた。逃げかえる人たちはおそらくこのバカげた儀式に耐えられないのだろう。むしろ、逃げだすほうが人間的だ。しかし、数百年の禅宗の伝統がこの庭詰のむこうにあり、この庭詰をしなければ禅の世界が見えないというのなら耐えるしかない。こうなったらもうがまんくらべである。といなおったところ、「まだこんなところでウロウロしているのか！　さっさと帰れ帰れ」と突然大声がして襟首をひっぱられて外へほうりだされた。追いだしといって、先輩雲水がやるひとつの形式である。しかし形式だといっても、具体的にひっぱりまわされるのは屈辱的だ。犬以下の扱いである。

「とにかく腹がたちます。自分が新聞記者だと思ったらその屈辱には耐えられませんよ」という松原哲明さんの忠告を思い出す。そこまでやって、禅宗はいったいこの庭詰で、何を雲水にわからせようとするのだろうか。とにかく体験しろという。そうして夕方の四時まで、出された昼食を十分くらいで食べると、東司(便所)へ行くとき以外はまったく同じ姿勢なのである。

午後四時。雲水がでてきて「今日は足もとも暗くなりましたので投宿を許します」とバケツに水を出してくれる。足を洗って旦過寮へ。一日中低頭していたため顔全体がはれぼったく、体の節々が痛む。それでも袈裟文庫を柱にたてかけ、壁にむかって坐禅をしていなければならない。五時、薬石(夕食)のために呼び出される以外は暗い部屋で、たったひとりおかれる。夜の八時すぎだろうか、手行燈《てあんどん》をもった知客《しか》がお茶と饅頭《まんじゅう》一個と投宿帳を出し、授業寺、姓名などを記帳する。しばらくして一枚だけの布団が運び込まれ「こんど木板が聞こえたら寝なさい」という。九時就寝。とても寝られやしない。明日もまた終日同じ姿勢で低頭しなければならないし、それが終わっても、庭詰よりは精神的にはもっとつらいといわれる旦過詰《たんがづめ》が待っている。タバコはともかく、猛烈に酒がほしいが、もちろん許されるはずもない。

●自主的拷問の意味——庭詰

二日目の朝は午前五時に起こされた。衣を着て、そのまま壁にむかって坐禅を組めという。粥座《しゅくざ》(朝食)は午前七時。食堂に着座すると、食事のためのお経や偈《げ》が唱えられ、自分の持鉢（食器）を開いてお粥《かゆ》を盛ってもらう。その中から「生飯《さば》」と称する七粒ほどの飯をつまみだして餓鬼にそなえるなど、どれをとっても、ものめずらしいことばかりだ。やがて食事が終わると、注がれた一杯のお茶で洗鉢して布巾でふいてしまい込む。その時、食べのこした一枚のタクアンが食器を洗うときの道具になることをはじめて知った。みんな器用にタクアンをつまみながら、きれいに洗って最後にそのタクアンをポイと口にいれる。僧堂生活の知恵なのだろう。食事作法もまた仏道修行のひとつだという。

「三黙堂」といって、僧堂生活では、東司、浴場、食堂ではまったくの無言である。食事のおかわりも、またごちそうさまも、すべてゼスチュアで行う。こちらはすべて初めての経験だから、いつもまちがってしまう。そのたびにどなられる。

「箸《はし》を置くのに音をたてるな！」

「タクアンを音をたてて食べるな！」いったいタクアンを音をたてないように食べるにはどうしたらいいのだろう！

なんでこんなにどなるのか、と思うほど先輩雲水はよくどなる。どなる前に教えてくれればいいのに、と思っているのを察知したのか、

「新到（新米雲水）には〝はい〟という言葉しかないんだ。よけいなことを考えるな！」

と、またどなられた。ひとつの口ごたえもゆるされない。われわれのように、戦後の民主主義で育ってきた世代には、それはかなり抵抗があることだ。学校生活でもどこでも「私はこう思う」あるいは「私はそうは思わない」ということをはっきりということがよいことだという価値観が、骨の髄までしみこんでいる。ところが僧堂の世界では、まずその自己主張をこなごなに粉砕してしまうらしいのだ。戦後三十年たったいま、戦後民主主義教育をわれわれ以上にうけてきたはずの若い世代が、その禅の世界にあこがれるのはどうしてなのだろう。

朝食が終わって、ふたたび旦過寮で坐禅をくんでいると、番茶を一杯もった雲水がやってきて「足元も明るくなりましたから、どうぞご随意に出発を」という。旅じたくをして、玄関のすわり込み二日目をはじめなければ

ならない。一度山門をでて、もう一度玄関へひきかえし「たのみましょう」と低頭しつづける。前日ほど不安はないが、体と足がいたいことは前日以上だ。頭をさげつづけるために顔にむくみもでてくる。時間がたつのがカタツムリ以上に遅い。通りすがりの雲水がついでのように「なんだなんだ、そのすわり方は」と、どなって行く。

考えれば考えるほど屈辱的な姿勢である。生まれてから、これほど屈辱的な姿勢をとらされたことはない。ときどき犬が寄ってきて、人の足元をなめたりする。犬のほうがまだ誇り高い。しかし、その屈辱的な気持も、二日目の午後にもなると、だんだんうすらいでくる。頭がボーッとして、何がなんだかよくわからなくなってしまうのだ。ときどき発狂するのではないかと思う。そして、今、自分がどこにいるのかわからなくなり、そのたびに自問する。

「今、おれはどこにいる。山梨県。山梨のどこ。上野原。上野原の、そう青苔禅道場」。そう確認しないと不安なのだ。もはや持続的な思考は不可能で、いろんな映像の断片が目の前をよぎっていく。赤塚不二夫のギャグ漫画の一場面がよぎる。「タリラリラン・タリラリラン、北海ローの、ケイコたん」。映画の一場面や、歌謡曲の一節がでてきたりもする。こういうとき、将来の高僧になるような人は、天啓をうけたりするのだろうが、こちらはきのうまで俗の権化。せいぜいでてくるのはテレビコマーシャルの一節だ。そして午後二時ごろ、最後の追いだし。

「まだウロウロしておるか。目ざわりだから出ていけ!」

ちょっとさわられただけで倒れるほどフラフラだ。山門に書かれた「無門関提唱」という文字もかすんで見える。べつに悲しくもないのだが涙がボロボロ落ちてくる。新しい紺木綿の衣の色がおちて、手も顔もまっ青。不思議なことに、こんどは山門で立っていることが不安になり、すぐにまた玄関の式台にもどって低頭をはじめる。あと数時間。もうひたすら、しがみついているしかないのだ。

今から考えると、あの〝庭詰〟という自主的な拷問の意味は何なのだろうか。禅宗では大疑団、大慎志、大信根、そして猛烈なる求道心が、この入門試験でためされるといわれている。しかし、解釈のしようによっては、さまざまな意味にとれる。この世の中で、これほどバカバカしい儀式はないが、そのバカバカしさの意味を教える禅宗のひとつの関門ともとれるし、じつに巧妙な禅宗の洗脳のようにもとれる。いずれにしても、人に聞く前に、まず自らが体得しろという、いかにも禅宗らしい入門テストであるだけはたしかだ。そして第二関門である旦過詰は、もっと巧妙であった。

●——時間と沈黙の地獄——旦過詰

庭詰をどうにか終えた三日目の朝から、他の雲水と同じように四時半の開静(起床)だ。鈴鐘を鳴らして「開静!」の声がしたらサッと飛び起きて、口をすすぎ顔を洗ってすばやく衣をつけて本堂へいそぐ。すでに先輩雲水が並んで座っている。起きぬけの行事、朝課である。本尊、宗祖、歴代の祖師などの礼拝、そして般若心経、観音経、その他の経をあげる。あけはなたれた本堂には、冷たい朝の空気が流れ込み、ねむけもいっぺんにさめてしまう。約四十分ほどで朝課が終わる。「旦過寮《たんが》でそのまま座りなさい」と命令され、この日から旦過詰だ。壁に袈裟文庫をたてかけて、終日、黙々と坐禅を続けなければならない。

庭詰の屈辱的な姿勢にくらべると、坐禅を組むのは何か誇らしい気分になるのだが、それは最初の一、二時間だけで、あとは〝時間〟の地獄である。朝の五時から夜の九時まで十六時間、壁にむかって座り続ける。坐禅をとくのは食事に呼びだされるときと東司(便所)へ行くときだけだ。三時間も座っていると猛烈に足が痛くなってくる。しかし足を投げだすわけにはいかない。自分は壁に向かっているので何も見えないが、外からは見えるのだ。疲れてきて、背中が曲がってきたりすると、いきなり背後で「しっかり座れ! なんだこの背中は!」とたたかれる。「こんな座り方で坐禅といえるか」とどなられる。いきなりおこられる以外は、まったくの沈黙である。別名を独房幽閉試験というらしい。部屋のあちこちに目がついているような座敷牢である。時間がたつのがおそろしいくらいに遅い。沈黙がこれほどつらいとは思わなかった。

新聞記者の世界とはまったく反対の世界なのである。

ジャーナリズムは饒舌《じょうぜつ》の世界である。世界中の情報が集まり、伝達される。情報化社会の中心である。その世界に生きる人間が、ある日突然、沈黙をしいられる。与えられた情報は、目の前の壁だけなのだ。動けというならば地球の果てまでもでかけて行くが「動くな!」と禅はいうのだ。しゃべれというならば、いくらでもしゃべるが、「しゃべるな」と禅はいうのだ。これはつらい。

禅は沈黙の宗教だといわれる。沈黙の意味を知る宗教だともいわれる。そういえば、われわれが生きている現代というのは、あまりにも饒舌だ。新聞があり、テレビがあり、ラジオ、雑誌、その他、情報氾濫の時代だ。そのあふれる情報の中で、何が自分にとって大事なのかを失っている時代ともいえる。禅は沈黙にしろという。沈黙したのち、自分の言葉を吐けという。旦過詰はその沈黙行の入学試験なのだろう。

ということは理解できる。しかし、それは理解であって、現実には沈黙していることはつらい。坐禅によって「無」をさとるどころではない。昔、慧可《えか》という求道の心の強い僧が、雪中で己の肘を断ち切って熱意をあらわし、はじめて達磨《だるま》に教えをうけたという。こちらはそんなに偉くない。ただ座っている時間の経過の遅さに、いらだち、なんともやりきれない気分になる。はじめは何かを思いだそうとする。童話でも頭の中で考えて時間をつぶそうとするが、一時間も続きはしない。子供のころからのできごとを思いだしたところで、たかがしれている。もうやけくそになっていままで見た映画のストーリーを思いだしたり、ベストテンを選んでみたり、歌謡曲を頭の中でうたったりしても、時間はぜんぜんたってくれない。

うんざりするほど単調な時間だけが延々と続く。足の膝が割れるように痛くなって、思考をさまたげる。ああ、足をくずしてゴロ寝をしたい。それがだめなら、文庫本の一冊でもいいから読むことを許してもらえないだろうか。活字中毒なのである。一日十六時間も壁をながめていると、ものすごく活字が恋しくなる。しかし、もちろん本を読むことなど許されない。ひたすら静かなのである。

そのうち、だんだん必死になって音をさがす。スズメの鳴声をけんめいに聞いたり、雨の音を聞いたり、そして、廊下を歩く人の足音を判別してみたりもする。しかし、そんなことで、足の痛さと、時間の経過の遅さはまぎらわせるものではない。

どこからかスピーカーの音が聞こえる。寺がある村に魚か果物を売りに来た行商の車のスピーカーだ。都はるみの歌を大声でかけている。「ホッ」とする。歌謡曲を聞いてこんなにうれしいことははじめてだ。しかし、五曲が終わると、車は去ってしまった。またあとは沈黙。食事時間が待ち遠しい。やたらと腹がすくのだ。それ以上に、旦過寮から食堂まで歩けるだけですごくうれしいのだ。一度などは、時鐘をまちがえて、食器をもって食堂へ行こうとしたら「何をこんなところでウロウロしてるんだ!」とどなられた。

夕食のあとの時間はとくに長い。電気もつけない闇の中でジーッと座っていると、「ワーッ」と叫びたくなる。もうやめた、もうやめた、と立ちあがりたくなる。しかし、二日目の後半くらいになると、もうあきらめの境地だ。どうにでもなれと思う。とにかく一秒一秒過ぎていくことだけは確かなのだから耐えようと思う。そう考えると少しは楽になる。旦過詰とは、時間というものの重みと沈黙の意味を、したたかに教える行なのだろう。ふつうこの旦過詰は三日から五日行うらしい。

三日目の朝、知客さんによばれて「今までずっとお断りしたが、貴公は願心も堅いようだし、一応、参堂することを許しましょう」と解放された。

●――半年は一人前以下――新到

五日目の朝食後、侍者(文殊菩薩につかえ禅堂の世話をする雲水)の指示にしたがって白足袋、袈裟を着て、禅堂に案内された。

禅堂は雲水の修行の場であり起居の場である。床は塵《ちり》ひとつなくはき清められ、ピーンとはりつめた空気が静まりかえっている。ここに入るには、最初に入れる足の左右にもむずかしいしきたりがある。指示されるままに、まず禅堂にまつられている文殊菩薩に線香をそなえ、坐具をひろげて三拝する。さらに直日《じきじつ》とよばれる禅堂内の取締役の前に行って低頭。そして自分の荷物がおかれている席にあがって、着座した瞬間、侍者が大声でいう。

「新到参堂!」

そのとき禅堂にすわっていた先輩の雲水たちがいっせいに低頭する。それだけの入学式だ。これで修行僧としてこの僧堂で修行をすることが許されたのである。このときすわった場所が「直日単」といい、十四枚の畳が並んでいる。その一畳がひとりの雲水の天地であり、修行と生活の場所でもある。頭上の壁には、各雲水の名札がさがる。自分の札は「大仙禅士」。きのうまで庭詰と旦過詰でいためつけられ、みじめな気分でいたことが嘘《うそ》のようにはれる。これでとにかく修行僧(雲水)として認められたのである。

僧堂での雲水の生活はきわめて規則正しい。僧堂のわきにつりさげられた「木板」やいろいろな鳴らしものの合図で、すべての行動をする。また雲水仲間にいくつかの役寮があって自治的に生活をしている。客に応接し、事務の統轄者でもあるのが知客《しか》、禅堂内の取締役が直日、聖僧に仕え禅堂内の世話役が侍者、会計係が副司《ふうす》、炊事係が典座《てんぞ》、接客、雑役係が副随《ふずい》、そして新米雲水(新到)はまず半年間は一人前にあつかわれないという。

雲水の中には、禅宗の寺に生まれたり、養子に行ったりしたために、寺をつがなければならず、その住職の資格をとるために僧堂に入る人と、寺をつぐ目的ではなく、宗教としての禅の世界をきわめるために僧堂に入る人がいる。その割合は約半々だといわれる。宗門の大学卒が最低二年間、僧堂生活をすれば住職の資格を得ることができるが、僧堂に入った雲水で二年だけで帰る例は少ない。それなりに禅の世界を知るためには最低五~六年、奥に入れば入るほどその世界は深くなるために、十数年の僧堂生活をする人もまれではないという。

その僧堂生活をする雲水たちの頂点にいて指導しているのが「師家」(老師)とよばれる人たちだ。師家の法系図は正確に記録されている。どの師家は、どの師家から法を受けつぎ、その先はだれということがひと目でわかる。これほどはっきりした嗣法の世界はない。雲水たちは、その師家にめぐりあいたくて僧堂に入るのである。逆に師家は、真剣な修行者があらわれて、自分の法を継いでくれることを待っているといってもいいかもしれない。

「禅の師家は、生涯のうち少なくとも一人は法嗣を作り出さぬと死んでから地獄に落ちる」ともいわれている世界なので、師はすぐれた弟子を求め、弟子はすぐれた師を求めることで火花が散る世界だともいわれる。庭詰や旦過詰がきびしく雲水の〝願心〟をためすのも、そういう世界だからなのだろう。禅宗は形式化したといわれながらもなおその精神は残っている。

臨済宗の僧堂生活の中で大事な修行のひとつは、その師家が雲水にあたえる「公案」である。公案とは禅宗史上に残る言行話題から意義ある教え、哲学的な問題までふくめて千七百くらいあるという。老師は雲水にその問題をあたえ、雲水はその問題に自分の見解を示す。それを「独参」とよび、ここでは老師と雲水とが真剣勝負をするのだという。

修行を志して一週間たらずの新到にはもちろん独参は許されないが、老師には会える。青苔禅道場の老師は大森曹玄師で、禅だけではなく、書と剣でも日本で一流といわれる人だ。

こんどのように、変則的な入門と修行を許してくれたことのお礼をいうと、ただひとこと「ごくろうさん」と、しみとおるような笑顔をみせた。きびしいようで親しみがあり、親しみがあるようでその奥に、無限のきびしさをもったような笑顔である。目がいい。いつか一度、独参したいと思った。

さて雲水の一年の僧堂生活で、もっとも激しい修行は「接心」といわれる。心を接(摂)取することからこの名がついたといわれるが、精神をひとつの対象(公案)に集中し、一定の期間(約一週間)、昼夜不断で坐禅をする。「大接心をやらなければ、禅をほんとうに体験したことにはならない」といわれた。はじめは坐禅を組んだ足が痛くて、直日単からころがりおちる雲水もいるという。僧堂生活も五年以上になると、両方の足のももに、結跏(右脚を左ももに、左脚を右ももにのせる)した足のあとが、えぐれたように残るという。この、なまぬるいといわれる日本で、そのような修行に賭けている青年たちがいるということがめずらしい。

「ほんとうに切り落としていいんですね。
やめるなら今のうちですよ」と
金丸宗哲和尚が念をおした。
そばで松原哲明さんが般若心経をあげている。
山梨県・上野原の青苔寺の一室である

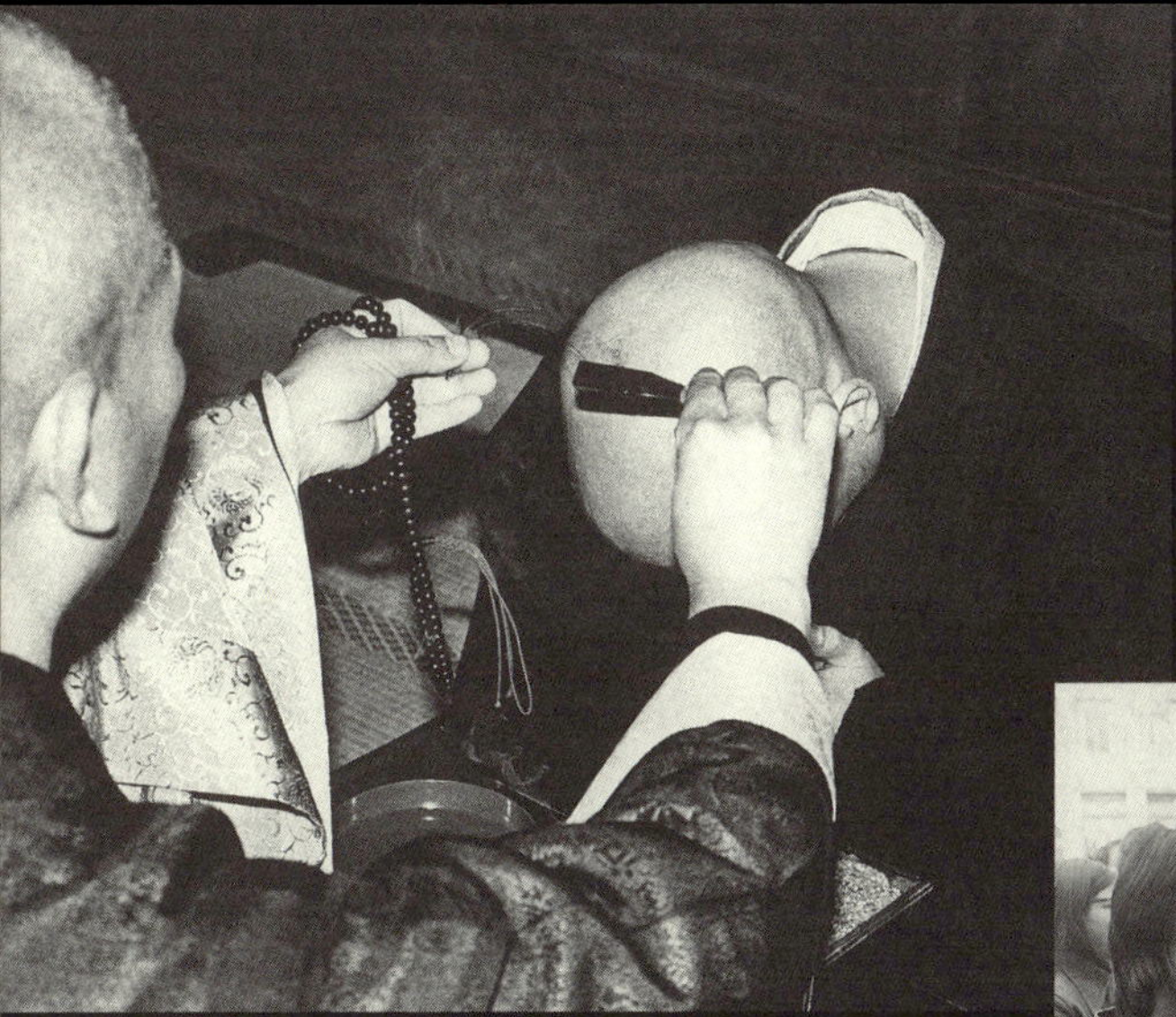

得度式の前の晩に頭髪をそり、
いちばんてっぺんに少しだけ長いまま残しておく。
これを周羅の一結といって、
得度式の当日、本師がそり落とす

守れもしない戒律を誓ったり、
これほど形式的で実質のない儀式はないと思いたくなるのだが、
不思議なことに、だんだん厳粛な気分になり、
終わったあとは、すがすがしくさえある。
ともあれ、この日から大仙禅士と呼ばれることとなったのである

ニューヨークに
留学していたころの
名残の長髪である

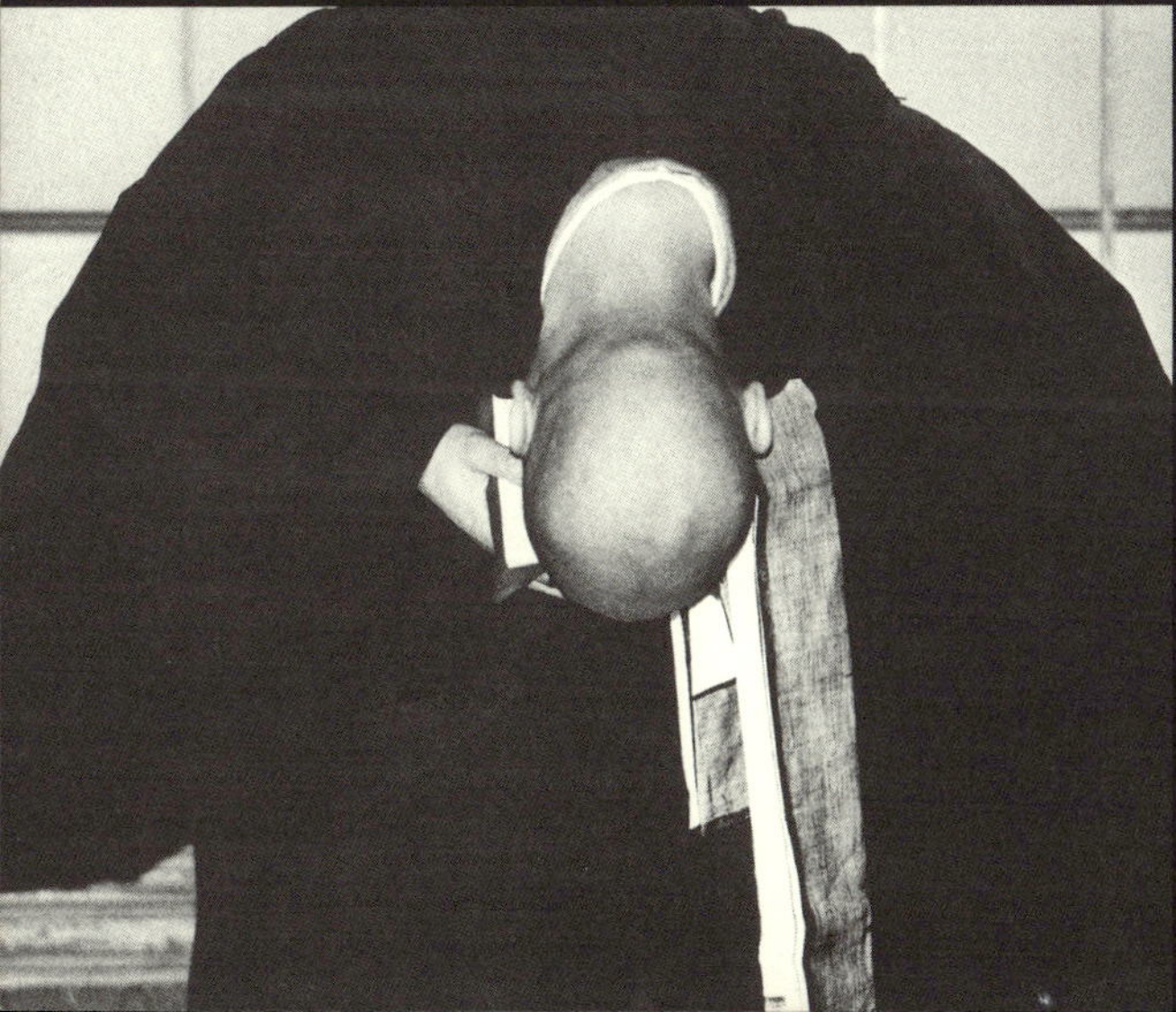

146-164ページ、
写真:加藤敬
(ニューヨークの
スナップを除く)

だれが考えたのか、
庭詰というのは残酷な入学試験だ。
玄関の式台に横ずわりして低頭するので
体がねじれ、しかも帯が胸を圧迫する。
窒息しそうなのだ

僧堂生活では、
東司（便所）、浴場、食堂では
まったくの無言である。
「箸を置くのに音をたてるな！」
「タクアンを音をたてて食べるな！」
いったいタクアンを
音をたてないように食べるには
どうしたらいいのだろう！

本師は重々しい口調で戒文を読むのである。
「それ出家の儀相は、自然と道に契合す。
鬚髪（しゅはつ）を断ずるは愛根を断ずるなり…」。
やっているときは何のことをいっているのかさっぱりわからない

あじろ笠をかぶり、いざ行脚へ

旅

●――みんなで鳩を葬う――暫暇

知客寮から特別の「暫暇」をもらって東京に帰って来た。入門してわずか一週間きりたっていないのだが、庭詰、旦過詰、そして新到参堂とまったく夢のような体験から出てきてみる東京は、はじめて見る外国の街のように感じる。それは明らかにふつうの旅から帰ったのとはちがった感覚だ。一週間たらずの禅的体験が自分の精神の中にどんな変化を起こしたというのだろうか。

それ以上にびっくりしたのは、新宿の街からタクシーに乗ろうとしたが、どのタクシーも止まってくれないことだ。いくら手をあげてもダメなのだ。浦島太郎になったようなさびしい気分になってハッと気がついた。自分はいま雲水姿をしているからなのだ。そういえば、乗車拒否の仕方がちがう。運転手さんはみんなほんとうにすまなそうに頭をさげて乗車拒否するのである。雲水姿だからお金を持っていないと思われたのだろうか。それとも雲水はタクシーへ乗るべきではないと思っているのか。十台ほど試してみたがやはり止まってくれない。しかたなく止まっているタクシーに近づいて「お金は持ってます。乗せてください」と頼んだら、ドアをあけてくれた。運転手さんにそのことを聞いてみた。

「乗せてあげたいけど、タダで乗せるほどわれわれは余裕をもっていないんですよ」。なるほど、運転手さんたちは、雲水を乗せるならば無料で乗せなければならないと信じているわけなのか。つまり雲水に対するある種の信仰ゆえの乗車拒否だったのだ。雲水姿で街を歩いてそれがはじめての体験だった。それは背広姿の新聞記者では決して見ることのできない街の隠れた宗教心だといっていいかもしれない。

道路は込んでいた。そのとき乗せてくれたタクシーの運転手さんはメーターのスイッチを切りかえてこういった。「東京の道路は、込むとどんどん時間メーターがあがっちゃうんですよ。今、高速道路用に変えましたから、これを私のお布施だと思ってください」。感動してしまった。彼は自分が乗せた雲水の乗車賃を無料にできないかわりに、せめてメーターのスイッチを高速道路用に変え渋滞の時間で上がってしまう値段の分だけお布施にしてくれたのだった。このような宗教心に、新米雲水はどのように応えたらいいのだろうか。「ありがとうございます」というしかなかった。

禅の修行僧である雲水の姿をしていると、まったく思いがけない人々の反応があることがだんだんわかって来た。まず第一にみんなものすごく親切なのだ。新聞記者という必ずしも好遇されない職業についている身にすると、それはとまどうくらいなのだ。

授業寺である港区三田の龍源寺が企画した西国三十三カ所めぐりの旅に、この雲水姿で参加して多くの体験をした。旅行団は、熱狂的な信者たちの集団というよりは、禅宗のひとつの寺の住職の人間的な魅力にひかれて、一緒に信仰の旅をしようという、かなり自由で、バラエティーに富んだ集団なのだった。若いイラストレーターもいれば、雑誌の編集者もいるし、もちろん熱心に観音信仰をしている初老の夫婦もいて、ごくふつうの人々の宗教する心を知るには適切な対象だった。約五十人の人々は、自分たちの団体旅行に飛び込んで来た一人の雲水に対して最初はとまどっていたようだったが、宗教を取材する新聞記者が雲水になったと紹介されて、好意的に迎えてくれた。

「よく決心して得度なさいましたね」「禅の入門はきびしいと聞いていますが、よく耐えましたね」と、むしろこちらが恐縮してしまうほどなのだ。そればかりでなくお菓子とか果物とか、何でもくれる。こんなに物をもらうのはまず生まれてはじめてだ。食事のときにはもっとすごい。「私は食べませんので大仙さんどうぞ」と、卵、みそ汁、煮物など、たちまち四、五人分集まってしまう。せっかく好意で、くれたものを食べなくては悪いと思って食べる。雲水は胃も強くないと勤まらない。

景色のいいお寺などに行こうものなら大変だ。記念写真につきあわせせられるのだ。なるほどお寺での記念写真に雲水姿はよくあう。同行した人たちだけでなく、見ず知らずの人までが「私とも一枚お願いします」といったり、外国人が八ミリ映画でねらったり。修行足らずの雲水がこんなにチヤホヤされていいものだろうか。

この旅での傑作はなによりも「鳩の葬式」だった。京都の六角堂で、なぜか一羽の鳩がケガをして目の前で死んだ。だれかが「かわいそうだから、どこかへ埋めてあげましょう」といいはじめ、それがいつのまにか「大仙禅士にお葬式してもらおう」ということになってしまった。見晴らしのいいところへ鳩を埋め、覚えたばかりの般若心経をあげると、巡礼姿の参加者全員がいっせいに合唱してくれた。それはなんとも不思議な体験で、鳩の葬式というママゴトのような行為をだれもテレなかった。「ああ、あの鳩は幸せですね」といいあう人たちの中に宗教のひとつの形をみるような気がした。

●——お布施百円の重さ——一人旅

はじめての一人旅を許されて、京都から大阪に向かう電車に乗った。車内はガラガラで、すぐ目の前に五十歳近いと思われるおじさんがすわっている。大きくマタをひろげ、そのズボンのチャックがあいている。決して上品とはいえない格好だ。そしてこちらをジロジロと見ている。

そのおじさん、何を思ったか、やおら立ち上がってズカズカと目の前にきて「はい」と手をだす。一瞬何のことかわからない。見ると百円玉をつまんでいる。そのお金が、雲水姿の自分にくれたお布施だと気がつくまでに数秒かかった。わかったとたん頭にカーッと血がのぼってオタオタした。まったく見ず知らずの人が、いきなりお金をくれる。こんな体験はぜんぜんないのだ。すっかりあがってしまってお礼をいうのも忘れた。

席に戻ったおじさんは、気持がよさそうに足を組んですわって、「どこの宗派だい。若いのに偉いねえ。ま、しっかり修行しなさいよ」と声をかける。同じようなできごとに、四国の高松から長尾に向かう電車の中でも遭った。前にすわっていた中年の婦人が、突然寄ってきて百円を差し出すのである。今度は立ち上がっててていねいにお礼をすることができた。

おばさんはニコニコして、こちらが何も質問しないのに、「私は、もう二度も四国の八十八カ所めぐりをやったんですよ。死ぬまでに、あと二、三回はやりたいと思ってるんです」というような意味のことを長々としゃべったあとで、袋包みをガサゴソとさがして、今度はアンパンを二個出し「おなかがすいているでしょう。これ食べてください」という。そして別れるとき「がんばってくださいね」といった。

その言葉を聞いたときはじめて、わずか数日間だけだが庭詰と旦過詰といういうきびしい関門をくぐりぬけてきてよかったと思った。もし、修行らしいなにごともしないで雲水の格好だけならば、このおじさんやおばさんたちの素朴な信仰心による好意を深く裏切ったことになるからである。

百円のお布施をもらうことはズシリと重い。そのときはじめて、お坊さんの修行の意味がわかったような気がする。修行は自分自身の完成をめざす行であると同時に、人々(衆生)のお坊さんに対する信頼感と信仰心にこたえる根拠なのだろう。あのおじさんやおばさんは、自分たちのかわりに修行してくれているお坊さんに、せめて百円と思って出したにちがいない。あるいは、百円を出したことによって、その日一日の善行を施した気持になっているのかもしれない。いずれにしてもこの百円とアンパンによって人々の日常的な宗教心というものを教えられたような気がする。

と同時に雲水という禅の修行僧に対する人々の信頼感を見せられたような気もする。そう気がついたら急に緊張しはじめた。信じる信じないはともかく、宗教的な対象として見られているとわかったからである。電車の中でも足を組むのはもちろん、ピシッとのばした背筋を曲げられない。車内をキョロキョロ見るのもおかしいし、美人が入って来てもチラッと見るのはよくない。駅の売店で、ふつうなら週刊誌を二、三冊買って車中の退屈をまぎらわすのだが、雲水が週刊誌を読んでいるのも不自然だ。大好きな劇画雑誌はなおダメだ。新聞を開いて見ているのもだらしない感じを与えるのではないか。

雲水とは何と窮屈なものだろうと思って気がついた。なるほどこれが戒律なのか。得度式のときには、守れもしない戒律をならべて誓うことを形式的なバカげたことだと思っていたが、雲水の衣を着て旅に出てはじめてわかった。戒律とは、強制されて守るということではなく、自らが自らを制することなのではないかということだ。

もし他からの強制力があるとするならば、それは人々の宗教心と宗教家に対する見えない期待であるだろう。

例えばそれは、旅館の従業員の言葉にもあらわれる。雲水の姿のままで泊まると必ず聞きにくる。「お食事にはお刺身がつくのですが、そのまま出してよろしいでしょうか」。困ってしまう。かまいませんといっていいものかどうか。

その人は、修行中の雲水に魚を出しては修行のさまたげになるのではないかと心配してくれているのである。「できれば、山菜のようなものでもありましたら……」。そして、酒は、般若湯という言葉があるくらいだからと自らを納得させてお銚子二本。全く雲水は疲れる。

●——般若湯、翌朝の報い——軒鉢

雲水には旅のしかたがあるという。旅そのものが修行のひとつだという。「それを教えてやる」といわれて二人の青年僧とともに秩父路への旅にでた。ひとりは山梨の青苔寺住職・金丸宗哲さん、ひとりは東京・三田の龍源寺副住職・松原哲明さん。臨済宗の青年将校ともいわれ、ともにきたえあげた禅宗の僧侶である。二人に前後をはさまれての旅であった。

秩父三十四カ所の札所一番からできるだけの寺をまわろうという計画だった。一番の寺で、まず旅の僧の礼儀を教えられた。新米の雲水にはとても覚えられない。まあいいから「引き手」(前を歩くリーダー)の真似をしろという。あじろ笠をかぶったり脱いだり、礼をしたりお経を読んだり、すべて引き手にしたがう。歩くときには等間隔で歩けという。禅宗の規律のひとつなのだろう。

等間隔で歩くということのつらさをまず札所一番から二番へむかう山道でおもいしらされた。約二キロのこの山道は、まさに心臓破りの山道で、その急坂を引き手はぐんぐん歩いて行くのだ。なにもそれほど急がなくても、だれもとがめはしないのに途中で休むことが罪悪であるかのごとく歩く。もう三十三歳。若くはない。息はみだれ、汗はふきでるが、ひたすらうつむきかげんで歩く。引き手が止まらないかぎり止まれない。引き手だってつらいはずの坂道なのに、これはいじわるとしか思えない。

どうにか札所についたときにはフラフラだった。二人の僧はなにもいわずニコニコ笑っている。雲水の旅はもう少しロマンチックだと思っていたのに、みごとに裏切られた。二番から三番、三番から四番へと、出発前は「新緑の秩父路を楽しみながら歩きましょう」といったはずなのに、歩くことだけが目的であるかのごとく歩く。

宿へついたときにはぐったりと疲れ、衣を脱いだら羽根のごとく体が軽くなった。風呂に入ってビール。なんともなつかしいビールの味である。庭詰と旦過詰、そして一人旅と、きゅうくつなことばかりしてきたことの抑圧が、先輩である二人の僧と一緒にいる安心感に助けられて堰《せき》を切って流れでた。僧堂の中はともかくとして、禅宗では酒が許される。

「酒を飲んでも、酒に飲まれなければいい」といいながら、先輩僧はしきりに酒をすすめる。謝労《じゃろう》の酒だという。実はこれがたいへんな落とし穴だったことはあとで知らされるのだが、ひさしぶりの大酒にしたたか酔って、禅宗の悪口をいいはじめた。だいたい、庭詰とか旦過詰、あれはいったいなんだ。庭詰はたしかにつらいというけど、お百姓さんが田植えをする肉体のつらさからみれば、あんなものはママゴトみたいなものだ。旦過詰で十六時間、壁にむかっているのはたしかにきびしいけれど、罪もないのに入獄されて独房に入れられ「お前は死刑だ」といわれている人のつらさにくらべれば遊びのようなもんじゃないか。禅宗の坊さんは、それを考えたことがあるのか、だいたい禅宗の坊主は気どりすぎだ。というように、あるいはもっとひどいことをいったのかもしれないが覚えていない。このさい、庭詰と旦過詰でいじめられたうらみつらみを、全部ぶつけちゃおうとあせった。

二人の先輩僧は、ただニコニコ酒をついでくれる。ざまあみやがれとその夜は寝た。

翌日は猛烈な二日酔いである。史上最高の二日酔いだ。しかし雲水の朝は早い。たたきおこされて旅装束をととのえ、この日は托鉢をするという。秩父の町の適当な場所を選んで一軒一軒、托鉢をする。これを軒鉢《けんぱつ》というらしい。「オーホー」という声を一軒のうちで四、五回だす。二日酔いの身には、その声をだすことがものすごく苦しいのだ。先輩僧たちは知らん顔をしている。苦しさはますますつのって、ついにある寺で般若心経をあげながら

托鉢は禅の大事な修行のひとつだという。
一軒一軒歩くとじつにさまざまな人々にであう。
続けて歩いていると、
ここのうちは喜捨してくれそうかどうか
何となくカンでわかるようになる。
おすし屋さんやソバ屋さん、タバコ屋さんなど
個人営業の商売をしている家は
喜捨してくれる率が高い

雲水には旅のしかたがあるという。
旅そのものが修行のひとつだという。
「それを教えてやる」といわれて
二人の青年僧とともに
秩父路への旅にでた。
二人に前後をはさまれての旅であった

西国三十三カ所めぐりの旅に、雲水姿で参加して多くの体験をした。
京都の六角堂で、一羽の鳩がケガをして目の前で死んで、
いつのまにか「大仙禅士にお葬式してもらおう」ということになってしまった。
覚えたばかりの般若心経をあげると、
巡礼姿の参加者全員がいっせいに合唱してくれた

おう吐した。このときびっくりしたのは、先輩僧たちが、待っていましたとばかり実に手ぎわよくおう吐物を始末したことだ。あれは計画的だとしか思えない。あとで聞くと、雲水仲間ではよくやる遊びだという。つらい修行を終えてきたと思っている生意気な新米雲水に、こってり酒を飲ませて、いいたい放題のことをいわせ、あとでぴしゃりとやっつける。

手ぎわよく、きれいに汚物をかたづけた二人の先輩僧はいった。「ゆうべは、すごくお元気でしたねえ。ところで、腹の中のものはもう全部はきだしましたか。ごくろうさん」。この皮肉！

そして、何もなかったように、また「オーホー」「オーホー」と歩きはじめた。

●――家々に宗教心をみた――軒鉢

「オーホー」「オーホー」

托鉢は禅の大事な修行のひとつだという。施す人と施される人が宗教心をよりどころにしてここでであうからなのだろう。まったく見も知らぬ人から、合掌してお金をいただく。これはきびしいことだ。雲水が玄関先に立っているとわかって、奥からお金をにぎってでてくるおばあさんや小さな女の子に「お坊さん、はい」といわれてお金をもらったときなどはジーンとしてしまうのだ。とてもじゃないが、ふまじめな気持ではお金はもらえない。そのたび四弘誓願《しくせいがん》を思いだす。

「衆生無辺誓願度、煩悩無尽誓願断、法門無量誓願学、仏道無上誓願成」

仏道を歩く人間の誓いの言葉ともいうべきこの言葉がごく自然に脳裏をかすめる。

托鉢は僧堂の付近の町で行う場合と、行脚の途中で行う場合があるという。雲水の修行道場である僧堂では一、六、三、八のつく日は托鉢の日と決められている。ふつう三人一組で歩く。喜捨されたお金は僧堂で修行する雲水たちの大事な生活費になる。

雲水は本山からもらった托鉢許可証をもっていなければいけないこともはじめて知った。

こんどの托鉢は行脚の途中の托鉢だ。金丸宗哲さんと松原哲明さんが前後について指導してくれた。

それにしても、はじめて托鉢するときははずかしいものだ。町の人が自分をどう見ているかと気にしたりすると「オーホー」という声がなかなかでない。はずかしさをふりすてて、声をだすと一オクターブ高い奇声になってしまったりする。腹の底からぐっとでるにはやはり修行がいるのだろう。二人の先輩雲水は実にみごとな抑揚で声をだす。

もっとむずかしいのはおじぎの仕方だ。合掌して流れるように頭をさげ九十度にさげたあたりでスーッと腰を落とす。先輩雲水にみならってやってみるがやっぱりギクシャクしてしまう。修行のたりなさがそのまま動きにでてしまうのだ。

托鉢には連鉢《れんぱつ》と軒鉢《けんぱつ》があるという。連鉢は、雲水が三○メートルくらいの間隔で「オーホー」をいいながら歩く。雲水姿をみなれた町では、その声を聞いて喜捨してくれる。軒鉢は一軒ずつ玄関に立つ。喜捨してくれてもくれなくても、ていねいにおじぎをする。ひとつの通りで軒鉢する場合、一軒のこらずやることが原則だという。

一軒一軒歩くとじつにさまざまな人々にであう。ただひとこと「ごくろうさん」といってお金をくれる人もいれば「こんな少しですみません」とわびる人もいる。「雲水さんちょっと待っててね」と奥へひき返し、あわてておお金をもってでてくる主婦もいる。「うれしいねえ、まだ雲水なんてのがいたのかね。いいもんだなあその格好は」となつかしがってくれるおじさんは、奮発して五百円もくれた。五回「オーホー」といっても人かげがないので、ていねいにおじぎをして去ったあとしばらくたってから「待ってえ、お坊さん待ってえ」と追いかけてきて喜捨してくれた人もいる。

もちろん、知らん顔をしている人もいる。たいていの雲水は、托鉢で追い返されたり、いやな目にあうといわれているが、ここは秩父三十四カ所の地であるためか、そういう出来事にはであわなかった。続けて歩いているど、ここのうちは喜捨してくれそうかどうか何となくカンでわかるようになる。不謹慎だとは思いながら、そのパターンをみると、まず大きな門構えの家は喜捨してくれない。「オーホー」という声が奥までとどかないためだろうか。大きな商店も喜捨してくれる率が低い。従業員の人たちがめずらしそうにこちらを見ている。逆におすし屋さんやソバ屋さん、タバコ屋さんなど個人営業の商売をしている家は喜捨してくれる率が高い。

喜捨の額は三十円から五百円までさまざまだがいちばん多いのは百円玉。二人の先輩僧と三人でこの日、約二時間の托鉢でもらったお金は合計五千二百七十円。考えていたよりはるかに多い金額である。宗教の心はもちろんお金の額ではかるべくもないが、ふだんはみえない町の宗教心の強さを見せられたような気がする。

（托鉢でいただいたお金は、金丸、松原両氏の許可で、毎日新聞東京社会事業団を通じて、めぐまれない人に寄付させていただきました）

●——あぁ懐かしのソバ——点心

東京の世田谷に、すぐれた若い禅僧がいると聞いて投宿をたのみにでかけることになった。野沢の龍雲寺の細川景一さんだという。会いに行くといっても行脚中の雲水なので新聞記者のように気軽に電話をしてでかけるわけにはいかない。庭詰のときと同じように、玄関にすわって低頭し、「たのみましょう！」と声をかけろと教えられ、昏鐘《こんしょう》が鳴る前に門前に立った。

「たのみましょう」「ドーレ」

でてきたのは寺の徒弟さんである。「どなたさまでしょうか」「旅の雲水ですが、一晩の投宿をお願いいたします」「しばらくお待ちを」。旅の雲水は、同宗の寺に泊まらせてもらう時には自分の名前をいわなくてもいいという。まさに行雲流水というわけだ。

しばらくすると、再び徒弟さんが出てきて「ただいま、足のすすぎ水をお持ちしますから、どうぞおあがりください」という。なんだか時代劇の主人公みたいだと思ったら、そう、昔のヤクザの一宿一飯の仁義に似ているのである。おそらく雲水がしきりに行脚をしていたころの儀礼がそのまま残っているのだろう。もっとも最近は、雲水が寺に「投宿」を頼んでも、泊めてくれない寺がふえたという。仁義がうすれたのも時代のせいなのだろう。

ともかく部屋へ通されて、壁に向かって坐禅を組んでいると、三十分ほどして、「開浴（入浴）をお願いします」という声。浴場へ行くと、お湯のかげんはぴったり。いたれりつくせりである。

風呂からあがって衣を着なおし、やはり坐禅を組んでいると、こんどは「薬石(夕食)をお願いします」という。気持がいいほどの手順だ。雲水の投宿はそこで夕食を食べ、夕食後はまた坐禅を組み、九時に就寝となっているらしいが、前もって事情を話し、和尚に会わせてもらうことになった。三十五歳。若いけれども十二年の僧堂生活をした古参の禅僧である。同じ世代の気やすさから、いきなり聞いた。

「つまるところ、禅とはいったい何ですか」。僧堂でそんなことを聞いたら、ぶんなぐられてもしかたがない質問である。

「平凡ですが、心のやすらぎの生活です。禅定力をつけることによって、あらゆることに向かっても迷わず、悠然と即応できる自分をつくる世界です」。そして寺の住職としては「地域社会の人々が遊びに来て心のやすらぎを得られるような寺をつくりたい」という。

「明日は、托鉢を行います。東京は宗教心がないといわれていますが、この野沢あたりの人々を見てください」

翌朝六時。「朝課をお願いいたします」の声に目をさました。住職、徒弟にまじってお経をあげる。そのあとは徒弟さんにまじって作務だ。一宿一飯の恩義がある。広い庭をゴミひとつなく、ていねいに掃く。

朝食後、寺の徒弟さんに先導されて托鉢にでた。場所は環状7号線周辺だ。車がものすごい勢いで走っている。ふだんは何も気にせず走っている環7が、草鞋ばきの雲水姿で歩くと地獄のようにも見える。こんなところで托鉢してはたして喜捨してもらえるのだろうか。ところが「オーホー」とやりはじめておどろいた。うれしくなるほど集まるのである。千円札を出す人さえいる。理由はすぐにわかった。「龍雲寺さんですね。ごくろうさん」というのである。細川さんがいう「地域社会に生きる禅宗」の意味も同時にわかった。信頼されているのだ。

寺からの托鉢のときの楽しみのひとつは点心《てんじん》だ。檀家や信者の家で雲水に食事を出してくれるのである。ふだんは粗食の雲水もこのときばかりはうまいものを食べられる。この日の点心は浅野家というおそば屋さん。

手足を洗って仏壇の前へ。般若心経と観音経でまず御先祖の回向《えこう》をすませる。朝から歩き続けなのでもうハラペコだ。出されたのはザルそば。なつかしき東京のそばである。「いただきます」と手をだしたとたんに、どなられた。「ガツガツするな！　引き手（リーダー）が手をつけるまではおあずけだ」。点心でも食事の作法はうるさい。しかし、そばを食べるときには音をたてて食べてもよいといわれて安心した。「タクアンを食べるのに音をたてるな！」はともかくとして、そばだけは音をだして食べたい。

●――〝手ごわさ〟を知った――自問

このルポルタージュを終わろうとしている。いったい何を体験したのかもう一度考えている。

宗教とは何か、禅とは何かを、自分がその外側にいながら語ることのもどかしさのために、雲水になってしまった。なぜそんなことをしたのだろうか。たしかに宗教をその外側に立って考えることはできる。宗教に接近し、その実態を報告することもできる。それがジャーナリズムなのだろう。

しかし、宗教にかぎってだけはその取材の方法ではないやりかたがあるはずだと思った。なぜなら宗教は一人一人の生き方にかかわるからである。新聞記者でも宗教に冷淡でいられるわけではない。

そこで宗教を対象として取材するのではなく、その対象そのものの中に身を置いてみる。宗教からもっとも遠くにいるひとりのジャーナリストが、宗教のまっただ中に入ったときに、どんなルポルタージュができるか。逆にいえば、ひとりの人間、つまり自分自身が宗教とどうかかわってみることができるかをルポしてみたかった。

禅は教外別伝《きょうげべつでん》、不立文字《ふりゅうもんじ》だという。言葉でわかりえない世界ということだろう。ゴチャゴチャいわずに、まずやってみろ！　という。その禅宗の考え方が、このルポルタージュを許してくれた。

雲水になってからすでに一カ月以上になる。あらためて、最初から思いだしてみる。

あの庭詰と旦過詰をやってから十日間くらいは頭がボーッとしていた。あきらかに異常であった。精神のテープがズタズタに切り裂かれた感じの中にいた。軽度の夢遊病者といったほうが正確かもしれない。それにしても玄関で二日間低頭し、そのあと壁にむかって数日間坐禅を組むあの入学試験の意味は何だったのだろう。今から考えると、あれは、

「お前の理性なんぞなんだ。よけいなものは捨ててしまえ。捨てたうえで、自分とむかいあえ」

ということを体で教える行だったのかもしれない。

金丸宗哲和尚と話していたとき「現代人はとくに、本当の自分自身と、はぐれてしまっているのではないか。ほんとうの自分に出あうための宗教が禅なのではないか」ということが話題になった。

お前は禅の中に入って、自分自身に出あえたか、と問われたらまったく自信がない。がしかし、ひとつだけ強烈な印象として残っているのは、旦過詰の二日目である。十六時間も壁にむかって坐禅をくんでいることが苦しくて、フッと横をむいたときに見えた雑草がすごかった。それは五〇センチ四方くらいの空間からみえる空地の、なんでもない雑草なのだが、この世のものとも思えないほど美しかった。こんなに美しい緑があるのかと思うほど美しかった。なるほど、禅とはこのような教え方をするのかとそのとき思った。

旦過詰は壁以外の何も見せない。音もときどき雑音が聞こえるだけ。完全に灰色の世界である。その灰色の世界を強制的にみせつづけることによって、ふだんは見えていても気がつかない雑草の美しさを気づかせるのである。これはショックだ。

われわれは、あまりにも多くのものを見すぎているために、逆に何も見ていないのではないかと考えはじめた。たしかに景色を見、人間の顔を見ているが、ずいぶん多くのことを見落としたまま、見たつもりになっているのではないかと疑いだした。そのようなことを考えさせるしたたかさを禅宗はもっているのだろう。

そのあと雲水姿で旅にでて、いろいろな体験をした。背広姿では決して見ることができない「宗教」を見られたことがいちばん大きい。社会現象としては現れないが人々の中に確実にある宗教心に触れることができた。それはしばしば感動的だった。そして結局、雲水になって禅がわかったのか、と問われたら「ますますわからなくなった」。ただ、宗教がもっている〝手ごわさ〟のようなな

ものはわかった。持続して自分に問いつづけるしかない。

最後に、このようなルポルタージュを許してくれた臨済宗と、協力をいただいた金丸宗哲、松原哲明、細川景一各師に感謝します。

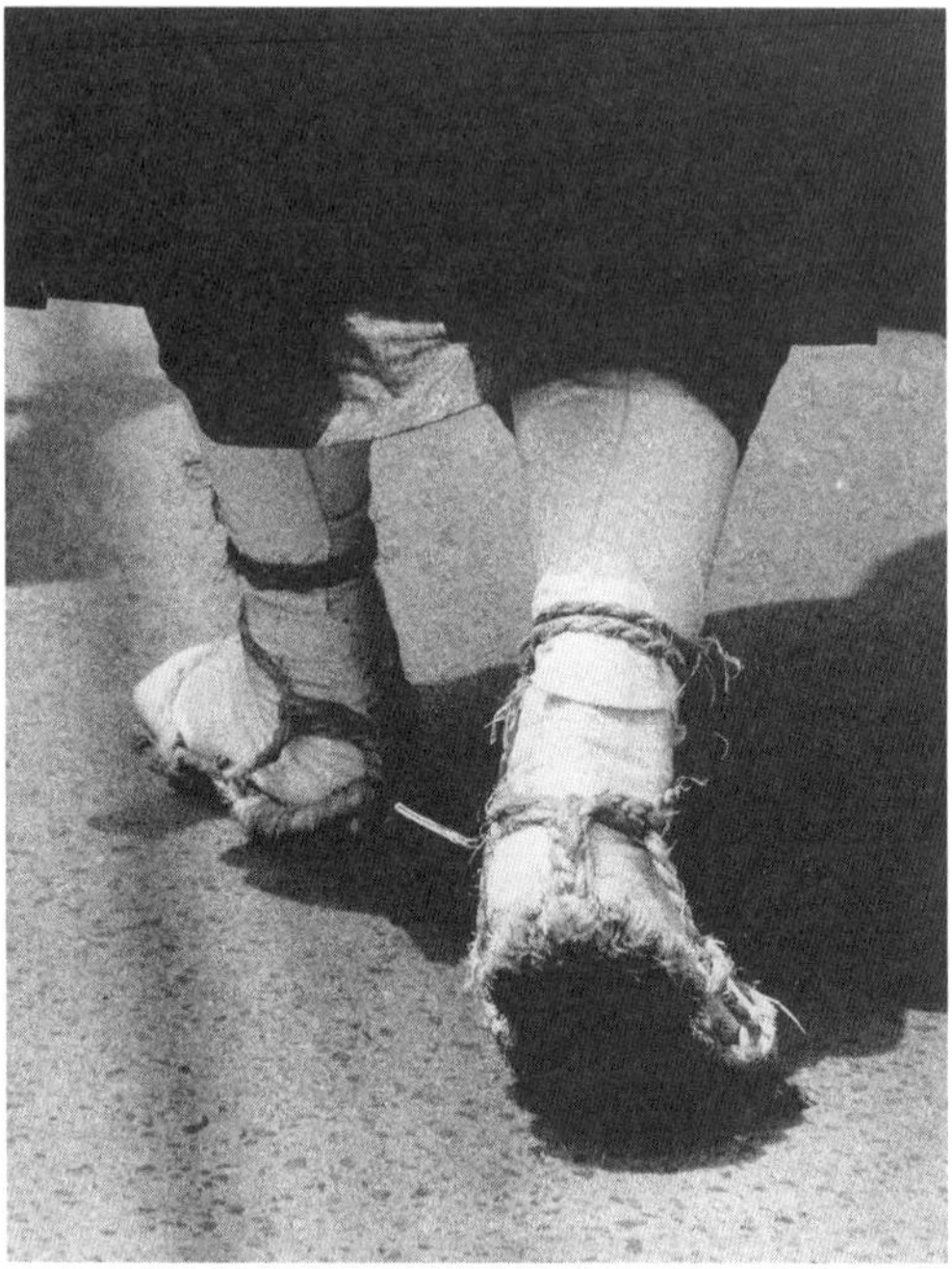

「死を創《つく》る時代」を生きた佐藤記者

柳田邦男

人は死出の旅にひとりで出発しなければならない。しかし、出立の形を自らはやばやと心に決めて、家族や友人たちと心を通わせつつ、人生の最終章と言うべきその形を創っていくならば、旅路は絶対孤独ではなく、実は残された人々の心の中で、いつまでも温もりのある共生の歩みを続けるのだ。

一人の人間の精神的ないのちというものは、死では終わらない。旅立つことによって純化されたその人の永続的ないのち(それは魂と呼ぶにふさわしい)は、家族や友人たちの心の中で生き続けるのだ。しかも、愛する人の生きた証しを心の中に抱擁した人々は、その永遠のいのちの止《や》むことなき語りかけによって、逆にあたたかい生のエネルギーをもらうという不思議が生じる。

佐藤健記者と同僚記者たちによる渾身《こんしん》の「生きる者の記録」は、佐藤記者の最期が近づきつつあった12月28日朝刊の連載第17回の記事で、最後の昏睡をもたらす鎮痛薬投与直前に、佐藤記者が奥さんの手を握って、「あ、り、が、と、う」と言い、親友に「おもしろ、かったよ」と語ったことを伝えてくれた。そして佐藤記者が深い眠りに入ると、みんなが「あっ、笑ってる」「きっと、病院を抜け出して、どこかに遊びにいったんだよ」と語り合い、〈健さんが、集まった人たちの痛みまで和らげてくれた〉と記している。

この記録を読んで、私ははじめに書いたことを思ったのだ。最期の刻《とき》を前にしたこの状況は、決してその瞬間だけの偶然の情景ではない。佐藤記者という一人の人間の生き方全体から必然的に生じた象徴的な場面なのだと、私は受けとめた。

私は佐藤記者と面識があったわけではない。毎日新聞の紙面に度々登場したルポルタージュ記事を通じて、迫力のある個性に注目していたに過ぎない。だが、今回の「生きる者の記録」では、自らの内面を直視し赤裸々にレポートするという、いわば究極のルポルタージュの迫真力に、私は初回から引きずりこまれ精神が高揚していった。私の身近にいる、父親をがんで亡くした女性も、毎朝連載を一番に読み、赤線を引き、繰り返し読み、湧《わ》き起こる様々な思いに寝つけぬ夜もあったという。

特集された読者からの手紙の数々を読むと、多くの読者もまた、通常の医療記事や闘病者の取材記事を読むときと違って、佐藤記者の世界に引きこまれ、わが身の生き方や人生観を重ね合わせ、何かを言わずにはいられない熱い思いにかられたことが、ずんずんと伝わってくる。一人の記者が自らの「生と死」の形を、あたかも彫刻作品を彫るかのように必死に創り続けた日々の記録が、読む者にこのように心情の同一化をもたらすほどの影響を与えた例を私は知らない。

従来、記者というものは、事件にしろ人物にしろ、書くべき対象を客観的な視点で取材し分析するように訓練されている。自分の内面の思考や感情の動きを見つめるのは苦手であり、主観的なことを記事に出すのは避けるべきだと認じてきた。

政治的な問題の報道であれば、そういうスタンスの取り方は妥当だろう。しかし、人間の生き方や死の形となると、舞台は全く異質なものになる。百人百様、人それぞれに生き方や死の迎え方に、他の誰のものでもない個性的な選択が求められるからだ。そういう内面的な世界は、一人の人間を深く描くことによってしか表現できない。しかし、第三者である記者がそういう世界に迫るのは極めて難しい。記者自身の心の成熟がなければならないし、相手の人物の人生歴と生き方についての深い理解が必要だし、インタビューの技量も問われるからだ。相手の人間のプライバシーがからむ問題もある。

佐藤記者はかつて30歳代で取り組んだ大型企画記事「宗教を現代に問う」をきっかけに、記者という職業だけにとどまらずに、自ら得度して行脚僧の道に入った。そして、何ということだろう、宗教観を深めてきた人生歴の延長線上で、今度は、仏教東漸《とうぜん》の道を辿《たど》り直そうとするルポルタージュ「阿弥陀が来た道」（毎日新聞日曜版２００２年全26回）のさなかに、末期がんと診断されたのだ。生きるとは、死とは、仏とは――人間と宇宙の根源的な問題をルポルタージュという方法で問い続けてきた記者だ。その記者自身が60歳を目前にして、他者の「生と死」でなく、自らの死が迫り来るのを自覚して、限られた持ち時間の中で、最後までいかに生き、いかなる死の形を創るのかを問われることになったのだ。通常の取材レポートでは至難のテーマを、それを書きうる最もふさわしい記者が、自らの身と心を俎上《そじょう》に載せてルポルタージュの対象にするという状況が生じたのである。

何と苛酷《かこく》なめぐり合わせかと思う。宇宙の見えざる手は、しばしば特定の人間にこのような任務を負わせる。それは表面的には偶然のめぐり合わせのように見えるが、私はこれこそ「意味のある偶然」ではないかと考える。そして、「意味のある偶然」に遭遇した者が、その機会を生かすべく、生のエネルギーをふりしぼって密度濃く生き抜いたとき、「意味」が燦然《さんぜん》と顕在化して、世の多くの人々に自らの「生と死」や愛する人の「生と死」に、しっかりと向き合うことをうながすことになる。

そういう問いかけは、「生きなければ」「生き抜こう」という限界状況の中から発せられる言葉とその文脈によって迫真のものとなる。

〈（玉川温泉にて）生まれや育ちや、学歴や地位はここでは関係ない。がんはそんなことにはおかまいなしにやって来る。（中略）ここでは人々が丸裸で病んだ仲間を受け止め、互いを癒やし合っているのではないか……〉（連載第1回）

〈末期がんを宣告されて以来、僕は無意識に人生の残り時間をカウントダウンし始めていた。60歳を前に故障気味とはいえ、一応は未来に向かって時を刻んでいた僕の人生時計である。ならば、残る日々をどう刻むのか〉（連載第3回）

〈「温泉療法にコツなんかねえよ。自分の気持ちに素直にやればいい」。一見無愛想だが、玉川歴20年というその年輪と知識は一目置かれる。彼が姿を見せると込んでいても特等席が譲られる。遺伝子操作や臓器移植がばっこする時代に、こんな神話のような世界が息づいているこ

とがうれしい〉（連載第4回）

佐藤記者の記事がもたらした影響の中で特筆したいのは、この種の記事を読むのは中高年層に偏るのが普通なのに、10代、20代の若い世代にまで熱心に読まれている事実だ。

投書の中で、秋田県の17歳、松本陽子さんは、〈記事を読み元気をもらいました。頑張って生きようと改めて思い、この気持ちを誰かに伝えたくて仕方ないです〉と、生きることへの決意を語る。

茨城県日立市の中学3年生・笠井尚子さんは、13歳で逝った同級生の死から受けたショックの体験を重ね合わせつつ、〈佐藤さんの生きようとがんばる姿に感動しました。命を簡単に終わらせないようにがんばってください！〉と励ましの言葉を寄せた。

あらゆる年齢層にわたる反響に、佐藤記者も、12月8日付朝刊の反響特集に寄せた文で、〈その文章の気高さに、僕は驚かされている。「死」というものがどれほど重いものか、その裏返しとして「生」がどれほど重いものか。そのことを、僕が逆に教えて頂いた〉と述懐した。さらに日毎に反響が広がり、奥さんや同僚が読者の手紙を逐一読んで聞かせると、佐藤記者はしっかりと耳を傾け、〈読者と会話をしているような気分になる。そこに刻まれた文章にはいつも心を洗われる。言葉に魂が込められているからに違いない〉（12月22日付朝刊反響特集）と口述筆記で語っている。

死を考えるとは、生を考えることだ。死を語るとは、いかに生きるかを語ることだ。現代は、死に対する人々の意識が変わりつつある転換期である。死を忌み嫌うべきものとして暗闇に封じこめるのでなく、「生きるとは」「いのちとは」という本質的な問題を考え、人生でいちばん大事なものは何かを考える契機として、死を表に出して真正面から見つめようとする人々が多くなりつつあるのだ。

しかし一方では、がんをはじめ症状の厳しい病気が日本人の死因の過半を占め、しかも病院における管理下での死が支配的になっている現代においては、自分で人生の最終章をどう書くかを見極め、周囲の支援を求めないと、死ぬに死にきれない状況になっている。そういう現代の状況を、私は「自分の死を創る時代」と呼んでいる。佐藤記者は、時代の風を最先端で嗅《か》ぎ分けて、世に問いかけていくジャーナリストとして、まさに「自分の死を創る時代」の生き方をわが身をもって示した記者だったと、私は心ふるえる思いで受け止めている。

そして、そうした生き方を語ることは、多くの投書に見られるように、死というものが実はネガティブな面だけでなく、他者に生のエネルギーを呼び起こすことさえあるというポジティブな側面をも持つことを人々に気づかせてくれる。しかも、他者が生きる意思を再獲得した姿を見ることによって、死を前にした人もまたいのちの息吹を取り戻すという、「いのちの円環」が生じるのだ。

「生きる者の記録」は、なぜこれほどまでに熱い反響を呼んだのか、その理由にはいろいろな要素がからみ合っていると思う。私は五つほど要素をあげたい。

第一に、前述のように、プライベートな営みとされてきた死が、日本人の疾病構造の変化と医療状況の変化によって、納得のいく形で迎えるのが難しくなったため、死を万人共通のテーマとして、社会的に議論と経験を共有しようとするニーズが高まっていること。それは単に死に方を考える問題ではない。「生きがい」や「個性的な生き方」が求められる時代ならではの、いかに生きるかを根源的に考えることが問われる問題なのだ。

第二に、佐藤記者の文体、文章、言葉がテーマにぴったりのすばらしい響きを持ったものであること。鋭く、簡潔で、熱気がある。宗教をルポし、自ら得度し、内面的なものと向き合ってきた佐藤記者ならではの発見が表現されている。いのちの息づかいを伝える文章と言おうか。

第三に、毎回の写真が文章と同質の高いレベルの記録になっていること。佐藤記者が玉川温泉でタオルケットにくるまって放射線を放つ熱い地面に横たわる姿。ござとタオルケットと着替えを持って岩盤浴に向かう姿と表情。ひげがのび、頬がこけた、病床に座す佐藤記者を斜め後ろから撮ったアップの姿。そうした一枚一枚のすべてが、佐藤記者の内面を駆けめぐっているにちがいない苦悩や葛藤をにじませている。佐藤記者とよほど一心同体にならなければ、こんな瞬間を記録することはできないだろう。後で聞くと、写真を撮った滝雄一氏はずっと佐藤記者とペアを組んでルポをしてきたカメラマンだという。

第四に、毎日新聞のこれまでの「生と死」に関する積極的な報道姿勢、紙面作りの姿勢と、それを読んできた読者の意識の高さだ。毎日新聞は宗教やいのちについて、何度も企画記事を掲載してきた。1994年から95年にかけて、私の長篇『「死の医学」への日記』の長期連載もあった。最近は小児がん征圧キャンペーンを続けている。

第五に、「生きる者の記録」の連載の途中から、読者からの手紙を特集する形で、読者参加の連載にしたことだ。まさに万人共通の重大テーマをめぐって、読者が佐藤記者の手記の進行と病状の進行とともに考え、発言し、さらに考えを深めるという歩みを始めたのだ。

がん闘病記の系譜を振り返ってみると、1960年代は、詩人で小説家の高見順氏の日記と詩集『死の淵より』に象徴される。作家が生々しい言葉で苦痛と苦悩のありのままを日記に書く一方で、言葉を昇華させた詩という表現方法で苦悶《くもん》の内実を文学作品化するという、自らの二面性をみごとに表現して衝撃を与えた。

1970年代になると、ルポライターの児玉隆也氏が肺がんと闘う自分をルポの対象にするという意識の下に、ナイーブな感性によって、目に入った事実、病棟で刻々と起きる事実、自分の心の中に生じる事実、それらのディテールを記録した手記『ガン病棟の九十九日』を書いた。闘病記が作家だけのものでなく、ジャーナリスト、芸術家、学者、芸能人、会社員、主婦などあらゆる階層の人々のものになる時代の幕開けと言うべき手記だった。

1980年代には、がんのため50歳で亡くなった精神科医・西川喜作氏が、死を前にした自らの心理の動きを精神科医ならではの眼で克明に記録した『輝やけ我が命の日々よ』を書き、それと並行して、私がいわば伴走者となって、作家としての眼で西川氏の闘病と生き方を見つめてもう一冊のドキュメント『「死の医学」への序章』を書くという異例の試みをした。死への過程と生き方を多角的な観察で深く記録し考察しようという時代になったのだ。様々な病気の闘病記の出版点数は急増し、ノンフィクションの体験記のジャンルが「戦争体験記の時代」から「闘病記の時代」へと転換したのだ。

1990年代には、前記のように毎日新聞が私に『「死の医学」への日記』の長期連載のスペースを提供し、何百万という読者を持つ全国紙に、死を前にした人々の生き方やそれに対する医療のあり方に関する具体的な動向とエピソードが毎週連続して読者に届けられた。「生と死」の問題が、社会的にも家庭の中でも、オープンに論じられる時代への一つの前進ととらえることができる。いくつもの雑誌が、死への準備や死の臨床などについて特集号を出すようになった。

そして、2000年代に入り、宗教を取材してきた佐藤記者が自分の番が回ってきたと意識して、自らの死と真剣に向き合い、最後までどう生きるかを刻々と同時進行的に記録し新聞で報道するという状況が生じたのだ。それはあたかも「生と死」に関する日本人の意識の変化の歴史の中で、まるで用意されていたかのような出来事だった。そして、連載に読者まで参加するという、一段とオープンになった形で「生と死」の問題が、そしていかに生き抜くかが論じられるようになったのだ。毎日新聞の編集局が佐藤記者の申し出を受けて、「生きる者の記録」の連載を決めたときには、その連載がこのように大きな時代的な意味を持つものになるとは、予想していなかったに違いない。繰り返しになるが、まさに「意味のある偶然」だった。

「生きる」とか「死ぬ」という話は、本来、一人称でしか深い事実を語れないものだ。三人称という客観性にこだわってきたメディアは、「生と死」の記事を書いても、あくまでも問題を対象化した視点でしか書くことができず、その先には踏み込めないでいた。だが、佐藤記者は闘病する一人称の視点で自らの内面をさらけ出して、最後まで生き抜いた証しを記録した。

佐藤記者が私たちに遺《のこ》したメッセージは、実に多様で深い。いのちの精神性を問い続けた佐藤記者に深甚なる敬意を捧げたい。佐藤さんの魂は生きている。合掌。

（ノンフィクション作家）

佐藤健の仕事

佐藤記者の主な著作と連載を集めました。
日付は著作は初版発行日、新聞・雑誌は掲載日、掲載号です。

陸奥のおんな

1974年11月14日…毎日新聞朝刊▼11月21日まで全6回

瀬戸内のおんな

1975年2月20日…毎日新聞朝刊▼3月6日まで全8回

遠野のおんな

1975年7月7日…毎日新聞朝刊▼7月21日まで全7回

飛騨のおんな

1975年11月20日…毎日新聞朝刊▼11月25日まで全5回

サルと教師たち

1976年2月1日…毎日新聞朝刊▼2月3日まで全3回

新聞記者が雲水になってみた

『宗教を現代に問う3』に所収
1976年9月20日…毎日新聞社
▼毎日新聞朝刊連載、宗教を現代に問う
第6部として76年5月12日〜5月23日の全11回

密教の風景

『宗教を現代に問う4』に所収
1976年11月30日…毎日新聞社
▼毎日新聞朝刊連載、宗教を現代に問う
第7部として76年6月4日〜6月30日の全19回、
前野和久記者との共同執筆

森の王者 〝人づけ作戦〟

1977年1月4日
…毎日新聞朝刊に特集
▼毎日新聞夕刊連載、1月4日〜1月18日の全10回

ルポルタージュ宗教は生きている1

1978年5月30日…毎日新聞社
▼毎日新聞朝刊連載、
77年5月3日〜78年3月1日、
宗教取材班として共同執筆

ルポルタージュ宗教は生きている2

1979年3月20日…毎日新聞社
▼毎日新聞朝刊連載、
78年3月13日〜12月5日、宗教取材班として共同執筆

社会派

『ルポルタージュ宗教は生きている3』に所収
1980年3月5日…毎日新聞社
▼毎日新聞朝刊連載、79年1月16日〜3月13日の全38回

もうひとつの西遊記

『ルポルタージュ宗教は生きている4』に所収
1981年3月5日…毎日新聞社
▼毎日新聞朝刊連載、
80年1月22日〜5月16日の全80回

マンダラ探険

1981年6月10日…人文書院

上高地えころじ〜

1981年7月27日…毎日新聞夕刊
▼8月10日まで全11回、吉田俊平記者との共同執筆

佐藤健の宗教探検

1984年1月1日号…サンデー毎日
▼6月3日号まで全20回

空海・長安への道

『「空海・長安への道」報告書』に所収
1985年3月21日…弘法大師御入定1150年
御遠忌記念「空海・長安への道」実行委員会
毎日新聞朝刊連載、84年4月1日〜6月20日の全8回

ルポ仏教

1986年7月12日…佼成出版社

ゆかいなゆかいな英雄たち

1987年2月28日…毎日新聞社
▼サンデー毎日連載、85年7月28日号〜86年10月5日号

超医学の謎

1987年6月30日…毎日新聞社▼ミューブックス
サンデー毎日連載、86年4月20日号〜87年4月12日号

ラダック密教の旅

1988年2月25日
…佼成出版社
▼滝雄一カメラマンとの
共著

アジアの仏たち

『宗教は心を満たすか』に所収
1988年7月5日…毎日新聞社

▼毎日新聞朝刊連載、宗教は心を満たすか第4部として88年1月25日～2月19日の全20回

マンダラ探険

1988年10月10日…中央公論社 ▼中公文庫

高尾山物語

1989年1月1日…毎日新聞朝刊
▼都内版連載、2月15日まで全21回

お遍路記者の43日

『宗教は心を満たすか2』に所収
1989年3月30日…毎日新聞社
▼毎日新聞朝刊連載、宗教は心を満たすか第7部として88年6月27日～7月29日の全21回

南伝仏教の旅

1989年5月25日…中央公論社 ▼中公新書

ひと・ドラマ警視庁

1989年8月29日…毎日新聞朝刊
▼都内版連載、91年3月8日まで

新聞記者が雲水になってみた

『宗教を現代に問う(中)』に所収
1989年10月10日…角川書店 ▼角川文庫

密教の風景

『宗教を現代に問う(中)』に所収
1989年10月10日…角川書店 ▼角川文庫

ルポ空海

1990年11月20日…佼成出版社

東欧見聞録

1991年5月20日…毎日新聞社
▼毎日新聞夕刊連載、90年7月30日～11月6日の全80回

写真紀行 日本の祖師空海を歩く

1992年1月20日…佼成出版社

わかもの観察学入門

1992年12月6日…毎日新聞朝刊
▼94年9月28日まで連載

うたものがたり

1994年1月4日…毎日新聞夕刊
▼1月8日までアカシアの雨がやむとき、3月14日～3月18日津軽海峡冬景色、9月12日～9月17日知床旅情

イチロー物語

1995年10月5日…毎日新聞社
▼毎日新聞朝刊連載、95年3月14日～7月1日の全71回

味な放浪記

1995年11月7日…毎日新聞夕刊
▼96年10月29日まで連載

一丁目一番地物語

1996年6月4日…毎日新聞朝刊
▼都内版連載、97年9月30日まで

建築家30人の"わが家"

1997年11月4日…講談社

イチロー物語

1998年5月3日…中央公論社 ▼中公文庫

笑いの仕掛人たち

1998年10月4日…毎日新聞日曜版
▼99年9月26日まで全50回

仏教 『早稲田バウハウス・スクールの実験 学校をいかに暮らすか→佐賀での試み』に所収

2000年11月10日…TOTO出版

イチロー

2000年11月20日…講談社 ▼火の鳥人物文庫4

演歌・艶歌・援歌 わたしの生き方 星野哲郎

2001年1月30日…毎日新聞社
▼毎日新聞朝刊連載、99年11月9日～00年5月31日の全101回

新編 イチロー物語

2001年9月25日…中央公論新社 ▼中公文庫

阿弥陀が来た道 百年目の大谷探検隊

2003年3月15日…毎日新聞社 ▼毎日新聞02年元日紙面に特集。毎日新聞日曜版連載、02年4月7日～9月29日の全26回

佐藤 健……さとう・けん
1942年、群馬県生まれ。
法政大学社会学部卒。61年、毎日新聞社に入社。
76年、毎日新聞の長期連載「宗教を現代に問う」の取材班の一人として、
得度剃髪して「新聞記者が雲水になってみた」を書く。
連載全体は第24回菊池寛賞を受賞した。
宗教を主なテーマに据えながら、アフリカのマウンテン・ゴリラから
野球のイチロー選手まで、幅広い取材対象に飛び込み、
現場の体温を伝える数々のルポルタージュをものした。
2002年12月、末期がんの病床で、自らの生と死を見つめた
「生きる者の記録」を社会部専門編集委員として朝刊に連載中、
食道がんで死去した。
享年60歳。
「ルポ仏教」「マンダラ探険」「イチロー物語」
「演歌・艶歌・援歌　わたしの生き方　星野哲郎」
「超医学の謎」など著書多数。

本書は毎日新聞連載「生きる者の記録」(東京本社発行朝刊、
2002年12月3日付〜12月31日付)を加筆したものに、
佐藤健記者の代表的な仕事「新聞記者が雲水になってみた」
(1976年、毎日新聞社刊『宗教を現代に問う 3』に収録)を加えて構成しました。